Wie ein DDR-Abiturient
mit dem Fahrrad nach Rom kam

Über den Autor:

Theo Richter wurde 1935 in einem schlesischen Dorf unweit von Breslau geboren, erlebte dort eine glückliche Kindheit, bis er nach dem Krieg aus seiner tief verwurzelten Heimat vertrieben wurde. Die elementare Not in den ersten Jahren nach der deportationsartigen Ausweisung und das zerstörte Leipzig boten ihm kein neues Zuhause, sondern verstärkten die Sehnsucht nach seiner dörflichen Heimat.

Nach Abitur und Abschluss des Maschinenbaustudiums in Chemnitz arbeitete er noch einige Jahre in seinem Beruf, bis er sich 1967 entschloss, eine neue Heimat in Westdeutschland zu suchen. Er hat sie in Südostbayern gefunden und lebt dort seit 1972.

Theo Richter

Wie ein DDR-Abiturient mit dem Fahrrad nach Rom kam

– Ein Tagebuch –

Bibliografische Information der Deutschen
Nationalbibliothek: Die Deutsche Nationalbibliothek
verzeichnet diese Publikation in der Deutschen
Nationalbibliografie; detaillierte bibliografische
Daten sind im Internet über dnb.dnb.de abrufbar.

Herstellung und Verlag:
BOD – Books on Demand, Norderstedt

ISBN: 9783755715252

Vorgespräche

Endlich das Abitur geschafft. Sommer 1954 in Leipzig, ein Jahr nach dem Volksaufstand 17. Juni 1953. Walter Ulbricht hat einen neuen Kurs verkündet als Korrektur seiner bisher rigorosen Politik. Er glaubte, seinen Sozialismus im Schnelldurchlauf in der DDR aufbauen zu können. Da wehrten sich die Menschen. Als Folge des politischen Tauwetters erlaubte die Partei Reisen nach Westdeutschland, wenn wir eine Reisebescheinigung beantragen. Diese phantastische Möglichkeit besprach ich mit meinem Freund Alfred:

„Sag mal, hast du nicht Lust, eine Fahrradtour nach Süddeutschland zu machen?"

„Warum nach Süden? Eher nach Hamburg! Da wohnt mein Opa."

„Mich interessieren mehr die Berge. Eine deutsche Alpenfahrt mit dem Fahrrad. Wär` das was?", testete ich seine Meinung.

„Lust hätte ich schon. Da könnte ich gleich mein neues Sportrad einweihen, das mir Opa geschenkt hat."

Seine Schlussfolgerung auf meinen Vorschlag fand ich bemerkenswert. Aber nur zu Zweit? Wie einigen wir uns bei Meinungsverschiedenheiten? Ich wusste, Alfred ist anpassungsfähig, ausgeglichen, kein Streithammel. Dennoch meinte ich, zu Dritt sei es besser. Ich sprach Benno an, einen weiteren Freund von mir. Seine Stärke ist das Zuhören, weniger das Sprechen. Zudem hatte er als Kind ein noch schlimmeres Schicksal erlebt als ich: Vertreibung aus Ostpreußen. Seine Eltern besaßen einen Bauernhof, unmittelbar an einem großen See. Nach dem Einmarsch der Roten Armee wurde sein Vater und seine älteste Schwester mit sechzehn Jahren im April 1945 auf Nimmerwiedersehen verschleppt. Die menschenverachtenden Folgen des Krieges fügten uns untrennbar zusammen. Sie überwanden sogar unsere nahezu gegensätzlichen Mentalitäten.

Ich sprach ihn an:

„Benno, was hast du in den großen Ferien vor?"

„Was soll ich vorhaben? Nichts Besonderes."

„Du fährst doch auch viel mit dem Rad," bemerkte ich recht zurückhaltend. – Keine Reaktion.

„Du hast mich ja täglich mit dem Fahrrad zur Schule abgeholt. Zusammen mit Alfred. Da könnten wir was unternehmen in den vielen freien Wochen. Ich meine zu Dritt."

Er überlegte. Nach einer Weile:

„Mit Alfred? Na ja, wir kennen uns gut. Wo soll's denn hingehen?"

„Nach Süden. In die Alpen." Kein begeisterter Gesichtsausdruck seinerseits. Nach einer Denkpause verriet er:

„Da habe ich ja keine Verwandten. Die wohnen alle nördlicher."

„ Ich aber habe Verwandte, Heimatvertriebene, bei denen wir auf unserer Fahrt Zwischenstation machen könnten. Vielleicht auch Alfred," zog ich in Erwägung.

Benno dachte nach, ohne sich zu entschließen. Auf keinen Fall ihn bedrängen oder gar eine Entscheidung zu fordern, ging mir durch den Kopf. Daher vermittelnd zu ihm:

„Weißt du, Alfred wohnt doch in deiner Nähe. Sprich mal mit ihm über meinen Vorschlag."

Mit dieser Abmachung verabschiedeten wir uns. Ich war sicher, Alfred würde Benno Mut machen mitzufahren. Ich kannte nicht nur Alfred sondern ebenfalls seine Mutter und seine Geschwister.

Nach wenigen Tagen informierte mich Alfred:

„Das Dreierteam steht. Benno fährt mit."

Die übergroße Freude behielt ich nicht für mich sondern ließ Dieter teilhaben, einem Klassenkamerad, den ich erst in der Oberschulzeit kennen lernte. Ich führte mit keinem anderen Freund so intensive, tiefgehende Gespräche wie mit ihm. Wir sprachen über unsere Probleme in der Pubertät, die Meinungsunterschiede zu unseren Eltern, über Politik und Gesellschaft, wobei mir sein stark ausgebildeter Gerechtigkeitssinn auffiel. Einen breiten Raum nahm in unserer Unterhaltung die Frage nach dem Sinn des Lebens ein. Er wusste, ich war in einer christlichen Familie groß geworden und fühlte, für mich ist meine Religion bedeutsam,

6

gewissermaßen eine unentbehrliche Lebenshilfe im Auf und Ab meines jungen Daseins. In meinem jugendlich überhöhten Idealismus wollte ich auf diesen Trostspender in krisenhaften Situationen keinesfalls verzichten. Dieter interessierte sich für meine Auffassungen und schätzte sie. Selbst für ihn als Nichtchrist war die Frage nach dem Sinn des Lebens vergleichbar wichtig. Als er nun hörte, was ich mit Alfred und Benno in den großen Ferien plane, hielt er mit seinem Wunsch nicht zurück:

„Du Theo, darf ich da mitfahren?"

Seine Vorliebe zu den Bergen war mir völlig neu. Spontan schoss es durch meinen Kopf:

Passt er in unser Dreiergestirn? Alfred und Benno kannten ihn weniger gut. Ich durfte keinesfalls spontan ja sagen. Zögerlich gab ich zu bedenken:

„Dieter, meinetwegen ja. Aber da muss ich erst mal Alfred und Benno fragen."

Das sah Dieter ein. Es gab keine Widerrede. Die Ferien nahten und es galt keine Zeit zu verlieren. Ich besuchte Alfred am Abend in Knauthein.

Ich lobte ihn: „Benno fährt also doch mit. Das hast du gut gemacht. Ich danke dir für dein diplomatisches Geschick, mit Menschen umzugehen."

Alfred gab zu Bedenken:

„Ob Bennos schweres, altes Fahrrad die weite Fahrt überstehen wird? Ich ermahnte ihn, noch mal alles nachzusehen, bevor wir losfahren."

„Alfred, das ist ein wichtiger Hinweis für ihn. Du kennst ja sein ruhiges, gelassenes und nachdenkliches Wesen."

Ich unterbrach mich für einen kurzen Moment und gestand Alfred mein spontanes Mitteilungsbedürfnis:

„ Als ich hörte, dass Benno mitfährt, habe ich vor lauter Freude Dieter erzählt, was wir vorhaben. Er war begeistert und will mitfahren. Was sagst du dazu?"

„Das hättest du nicht tun sollen! Erinnerst du dich noch an den Vorfall in einer Geschichtsstunde und Dieters Reaktion darauf?"

Nun begann Alfred, mir die Angelegenheit im Telegrammstil ins Gedächtnis zu rufen:

„Der Lehrer kam rein, forderte uns auf, den Stoff der letzten Stunde aufzuschreiben, ohne unsere Unterlagen zu benutzen. Er überraschte uns alle mit der unüblichen Kontrollarbeit. Alle benutzten trotzdem heimlich die Notizen der letzten Stunde, nur Dieter nicht. Der Lehrer bemerkte unsere Abschreiberei nicht. Der sah doch schlecht."

„Ich erinnere mich," unterbrach ich Alfred., „alle bekamen eine gute Note, nur Dieter eine Vier. Er war nicht neidisch, vielleicht sogar ein klein wenig stolz auf seine Aufrichtigkeit. Dass ihn aber einer von uns bis zur Weißglut hänselte, fand ich gemein."

„Das stimmt," fuhr Alfred fort, „wie konnte er nur zu Dieter sagen: ‚Du Idiot, warum hast du nicht auch abgeschrieben wie wir. Das hast du von deiner Ehrlichkeit . . . ' Und trotzdem, Dieter brauchte unsere Betrügerei nicht dem Lehrer verraten."

„Du hast recht, Alfred. - Dieter fühlte sich in seinem Innersten äußerst stark gekränkt. Sonst hätte er's nicht getan. Du kennst ja seinen ausgeprägten Sinn für Gerechtigkeit."

Ich unterbrach mich und wollte von Alfred wissen:

„Was für Bedenken hast du, Dieter auf unsere Radtour mitzunehmen?"

„Ich kenne ihn zwar nicht so gut wie du. Ich stelle aber immer wieder fest: Er hat schon sehr stark ausgeprägte Meinungen, Ansichten. Wir sind tagelang mit ihm zusammen. Ob er sich da uns immer angleichen kann?"

„Alfred, daran habe ich auch gedacht. Ich werde mit ihm darüber sprechen. Wir müssen natürlich aufeinander Rücksicht nehmen. – Aber jetzt noch eine andere Sache. Du hast nicht so lange Urlaub wie wir. Am besten, du fährst mit dem Zug zu meinen Bekannten. Die wohnen in der Nähe vom Bodensee. Dort treffen wir uns eine Woche später."

„Mein guter Freund, eine prima Idee. Da gewinne ich eine ganze Woche! Und du gibst mir die genaue Adresse."

„Na klar, Alfred! - Zum Schluss noch einen Hinweis: Das Zelt nehme ich mit, auch den Benzinkocher mit einem Säckchen Mehl und Zucker."

Alfred mit fragender Miene:

„Mehl und Zucker? Wozu denn das?"

„ Wir wollen uns abends Mehlsuppe kochen. Du weißt ja, wir haben wenig Westgeld und können deshalb nicht in ein Gasthaus essen gehen. Und was Warmes brauchen wir in den Bauch."

Alfred nickte verständnisvoll und beendete unser Gespräch mit der Feststellung:

„Jetzt haben wir alles Wichtige besprochen."

Nach unserem Treffen besuchte ich Dieter und teilte ihm Alfreds Erwägungen mit.

„Darüber habe ich auch nachgedacht. Wir müssen aufeinander Rücksicht nehmen. Ihr kennt euch besser. Ich werde mir Mühe geben, nicht quer zu schießen," so Dieters Zusicherung. Unserer Alpenfahrt zu Viert stand damit nichts mehr im Wege. Meinem Cousin in Nürnberg und allen anderen guten Freunden, die ich mit meinen Kameraden auf unserer Fahrt besuchen wollte, hatte ich bereits geschrieben. Mit diesen beabsichtigten Stippvisiten verband ich die Hoffnung, mal einen Abend keine Mehlsuppe kochen und nachts nicht im Zelt schlafen zu müssen. Ich frage mich heute: Wie konnte ich bloß in meinem jugendlichen Lebensgefühl meinen Bekannten unseren Besuch zumuten, ohne dabei die Belastungen der Gastgeber zu berücksichtigen! Ohne an die bescheidenen Wohn- und Lebensverhältnissen der Nachkriegszeit zu denken? War es das Abenteuer, das Fernweh oder das Verlangen, was Außergewöhnliches zu erleben, was mich so realitätsblind machte? Wir meinten, alles gut durchdacht und vorbereitet zu haben.

Im Westen

Wie abgesprochen starteten Benno, Dieter und ich frühmorgendlich so gegen fünf Uhr in Leipzig mit dem Ziel, am ersten Tag Westdeutschland zu erreichen. Unsere Räder brachten uns über Zeitz und Gera bis zur Mittagszeit nach Schleiz. Hier kehrten wir in ein Gasthaus ein, um uns für unser Ostgeld richtig satt zu essen. Uns war bewusst: Im Westen werden wir uns ein Gaststättenbesuch nicht leisten können. Vor Hof erreichten wir die Grenze. Ulbrichts neuer Kurs bewirkte hier Wunder. Die sonst üblichen strengen Gepäckkontrollen blieben aus. Natürlich durften wir nicht zugeben, Ost- und Westgeld bei uns zu haben. Das war wegen der Devisen-Politik der DDR nicht erlaubt, die dem tatsächlichen Marktwert widersprach. Wir hatten es am Körper gut versteckt.

Mit zufriedenem Gefühl und gesteigertem Selbstbewusstsein stellten wir fest, am ersten Tag Westdeutschland erreicht zu haben. Ohne große Kraftreserven in den Beinen radelten wir verhalten noch einige Kilometer auf der B2 auf Münchberg zu. Kurz vor der Stadt im nicht einsehbaren Gelände bauten wir das Hauszelt auf. Meine älteste Schwester hatte es mir aus Zeltbahnen genäht. Mit Bodenschutz, allerdings nicht wasserdicht.

Wir verspeisten unsere mitgebrachten Brote, zogen die Oberbekleidung aus, streiften uns den warmen Trainingsanzug über den Körper und zogen dicke Socken an. Manch einer wird fragen, weshalb so kältegeschützt für die Nacht kleiden? Wir besaßen alle keinen Schlafsack sondern wickelten uns in die mitgebrachte Decke. Das Gepäck benutzen wir als Kopfkissen. Nach einem langen, anstrengenden Tag schliefen wir auf dem weichen Wiesenuntergrund erschöpft ein.

ca. 176 km

Mein Cousin in Nürnberg

Dienstag, den 6.7.1954

Im Gegensatz zu gestern starteten wir erst gegen elf. Unser Ziel, meinen Cousin in Nürnberg zu erreichen, ist dennoch zu schaffen, sagte ich mir. Die erste Pause legten wir in Bayreuth ein und sahen uns das bekannte Festspielhaus an. Das waren wir Wagner schuldig. Nach einem Schluck warmen Tee, den wir uns erbettelt hatten, setzten wir unsere Fahrt fort. In Leupoldstein an der B 2 erzwangen Reifenpannen bei Benno und Dieter einen weiteren Halt. Beide hatten Glassplitter auf der Straße übersehen. Die Panne kaum behoben, verschlechterte sich das Wetter. Es begann zu regnen. Ein Bauernhaus in Straßennähe bot uns Unterschlupf. Als der Regen nachließ, setzten wir unsere Fahrt fort. Dieter drückte aufs Tempo mit dem Gedanken, vielleicht doch noch Nürnberg zu erreichen trotz des unbeständigen Wetters.

„Dieter, du fährst heute wie ein Vieh," kommentierte Benno seine Beinstärke.

„Die vielen Unterbrechungen! Die wollen wir reinholen," jammerte Dieter.

Noch dreißig Kilometer bis zum Ziel. In einem aufgelockerten Waldgelände unweit der Straße entdeckten wir eine kleine Blockhütte. Benno rief uns zu:

„Halt! – Ich will mir die Hütte mal anschauen."

Keine Widerrede bei dem nassen Wetter.

„Die ist abgeschlossen. Aber das Fenster ist auf," stellte Benno fest.

Nach den Werkzeugen im Innenraum zu urteilen, benutzen Waldarbeiter oder der Straßenwart die Hütte.

„Hier drin ist viel Platz. Da können wir übernachten und brauchen das Zelt nicht aufbauen," schlug Benno vor.

„Und wie kommen wir rein? Die Tür ist zu," schlussfolgerte Dieter.

„Kein Problem! Durchs Fenster." Ich machte es ihnen vor.

Ohne großes Palaver wurden wir uns einig. Wir übernachteten hier, wenige Kilometer vor Nürnberg. Die Räder weg vom

11

Straßenrand hinter der Hütte uneinsehbar abgestellt und das Gepäck durchs Fenster in der Hütte verstaut. Jeder stellte fest, der mitgebrachte Proviant reiche für den Abend. Wir brauchten auch am zweiten Tag nichts einkaufen. Wir aßen Abendbrot, tranken Wasser aus unseren Feldflaschen und richteten unser Nachtlager her. Die feuchten Klamotten hängten wir in der Hütte auf. Rückblickend stimmten wir überein, der heutige Tag sei nicht so belastend gewesen wie gestern. Wir waren dankbar darüber, nicht im kleinen Zelt übernachten zu müssen. Die Hütte bot uns mehr Raum zum Essen und Schlafen.

Der harte Bretterfußboden war zwar nicht so bequem wie ein Wiesengrund unterm Zelt. Das nahmen wir aber in Kauf. Wir ließen den heutigen Tag gedanklich an uns vorüberziehen und schliefen danach ohne Schreckensträume ein.

c*a. 100 km*

Mittwoch, den 7.7.1954

Der anbrechende Tag weckte uns. Der erholsame Schlaf vermittelte uns ein selbstbejahendes Gefühl. Auf unserem Benzinkocher rührten wir im heißen Wasser Grieß an, den Benno mitgebracht hatte. In dem umgebenden Wald fanden wir Pilze, die wir gebraten zum Grießbrei aßen. Auf der Bundesstraße sahen wir alle paar Minuten ein Auto vorüber fahren. Noch kein Massenverkehr neun Jahre nach dem Krieg. Einige Beifahrer beobachteten unsere Kochkünste unter freiem Himmel.

„Endlich etwas Warmes im Magen! Theo, nur dreißig Kilometer bis zu deinen Verwandten. Das ist wie ein Ruhetag," erfreute sich Dieter.

Als wir alles aufgegessen hatten und dabei waren, unser Gepäck auf den Rädern zu verstauen, hielt ein Auto am Straßenrand uns gegenüber. Ein schlanker Mann mittleren Alters stieg aus und kam schnurstracks auf uns zu. Er fragte mit erregter Stimme:

„Was habt ihr hier an der Waldhütte zu tun?"

„Wir haben da drin geschlafen," gaben wir zu und waren überzeugt, nichts Unrechtes getan zu haben.

12

„Was, geschlafen? Die ist doch abgeschlossen," fauchte er. „Da habt ihr wohl die Tür aufgebrochen?" Voller Erregung ging er zur Tür und überprüfte sie. Er schloss sie auf und stellte keine Einbruchspuren fest.

„Wie seid ihr reingekommen?", wollte er wissen.

„Durchs Fenster," gestanden wir.

„Aha – aufgehebelt. Gewaltsam eingebrochen!"

„Nein, auf keinen Fall," erklärten wir ihm. „Das Fenster stand offen."

„Das gibt's doch nicht," murmelte er vor sich hin und kontrollierte es. Auch da nichts kaputt! Er sah uns nachdenklich an und fragte sich im ruhigen Ton:

„Wer mag das bloß vergessen haben zuzumachen?"

Er machte das Fenster zu. In der Hütte war nichts durcheinander. Das Werkzeug befand sich an Ort und Stelle. Nichts fehlte. Alles sauber. Er schloss die Tür wieder zu und belehrte uns versöhnlich:

„In der Hütte werden die Werkzeuge für Wald- und Straßenarbeiter aufbewahrt. Private Benutzung ist nicht erlaubt."

„Es hat gestern geregnet und wir haben nichts kaputt gemacht," baten wir um Nachsicht.

„Na gut. Ich werde es nicht der Polizei melden."

Mit dieser Zusicherung verabschiedete er sich. Wir atmeten tief auf und fragten uns:

„Wer mag den Mann zu uns geschickt haben? Vielleicht jemand im Auto, das vorher vorbei gefahren ist."

„Na klar! Manche schauten schon so neugierig," klärte uns Dieter auf und bemerkte: „Es ist wieder mal alles gut gegangen. Eingebrochen wären wir sowieso nicht, auch wenn wir das Werkzeug dazu gehabt hätten."

Durch den unerwarteten Besuch sind wir etwas verspätet gegen zehn Uhr losgefahren. Bald erzwang ein einstündiger Regen eine Pause. Als er nachließ, fanden wir im Wald vor der Stadt saftige Blaubeeren. Am späten Nachmittag kamen wir bei Freds Familie an. Wir begrüßten seine Frau Hildegard und seine Söhne Peter und Wolfgang. Sechs und zwei Jahre alt.

13

Nach vielen Jahren des Wartens hatten sie endlich eine bescheidene Neubauwohnung in einem Miethausblock erhalten. Bei meinem letzten Besuch vor drei Jahren kampierten sie noch im Flüchtlingslager: Massenquartier. Keine Möbel. Alle schliefen auf dem Fußboden - nur Matratzen dazwischen!

Trotz des Bummelradeltages hatte Hildegard unseren großen Appetit von unseren Gesichtern abgelesen. Sie servierte uns zum Abendbrot ein schmackhaftes warmes Essen. Nach den kargen Tagen schluckten wir alles Aufgetischte wie ausgehungertes Vieh runter – ohne Rücksicht auf Anstandsregeln! Ob wir Nachtisch wollten, brauchte sie nicht zu fragen. Den Wunsch las sie uns von den Lippen ab. Sie reichte uns ein Gebäck, das einem Pfannkuchen ähnlich war. Mit übergroßem Verlangen aßen wir es auf. Sie hatte alle Mühe, mit dem Backen hinterher zu kommen. Werde ich die Hungermäuler überhaupt satt bekommen, dachte sie. Endlich zog sie die Notbremse und stöhnte:

„Das sind die Letzten. Mehr gibt´s nicht!"

Fred ahnte, dass ich wenig Westgeld besaß. Er schenkte mir zehn Mark. Ich schätzte, dafür muss er als Maurer mindestens fünf Stunden hart arbeiten. Hoch erfreut nahm ich sie dankbar an. Ich besaß lediglich 25 Westmark, die ich in einer westberliner Wechselstube für hundert Ostmark getauscht hatte. Ohne es genau zu wissen, nahm ich an, Benno und Dieter hätten ebenfalls nicht mehr Geld gewechselt. Man bedenke, mancher Familienvater verdiente in der DDR wöchentlich keine hundert Mark. Für uns Schüler war diese Summe extrem viel Geld. Mehr zu tauschen blieb für uns ein Wunschtraum, fern aller Realität.

Nicht nur Hildegards gutes und reichliches Essen empfanden wir wie ein Geschenk des Himmels. Nein, ebenso begeistert durften wir das Badezimmer benutzen, den Schmutz und Schweiß von drei Radeltagen mit warmem Wasser vom Körper waschen. Gründlich Zähne putzen und rasieren. Nach vollbrachter Körperhygiene bereitete Hildegard unser Nachtlager im Wohnzimmer vor: Schob Tisch und Stühle beiseite und breitete auf der befreiten Fläche Matratzen aus –

unser bequemes, weiches Nachtlager. Das jahrelange, spartanische Lagerleben hatte Hildegard und Fred gelehrt, wie man drei junge Männer kurzfristig angemeldet bei beengten Wohnverhältnissen äußerst gastfreundlich empfängt, beköstigt und Schlafgelegenheit bietet. Ihre zwei kleinen Söhne beobachteten neugierig das veränderte Treiben, ohne durch Weinen oder gar Schreien dagegen zu protestieren.

Bevor wir uns zur Nachtruhe hinlegten, interessierte sich Hildegard für unsere Ferienpläne:

„Wo wollt ihr mit den Rädern überall hinfahren?"

„Zuerst in Richtung Bodensee zu Bekannten," gab ich kurz zur Antwort.

„Warum gerade dahin? Ich dachte, ihr wollt die Alpen sehen," wunderte sich Hildegard.

„ Weißt du Hildegard, dorthin kommt mein Freund mit dem Zug und bringt sein Fahrrad mit."

Ich kannte Hildegards Informationsbedürfnis und fuhr fort:

„Mein Freund hat als Lehrling nicht so viel Urlaub wie wir. Vom Schwarzwald bis Berchtesgaden wollen wir die ganze deutsche Alpenkette kennen lernen. Dazu brauchen wir ungefähr zwei Wochen, also seinen ganzen Urlaub. Deshalb seine Anreise mit dem Zug."

„Da habt ihr euch viel vorgenommen, Wissen eure Eltern das? Die Gefahren! Habt ihr denn das Geld dazu?"

Hildegards Gesicht wurde ernster und ernster, bis sie ihren besorgten Gedanken preisgab:

„Ich wundere mich, dass eure Eltern das erlaubt haben."

Ich versuchte, ihre Ängste zu nehmen, indem ich ihr erzählte, was wir alles dabei hätten: Zelt, Benzinkocher, Mehl, Gries, Zucker . . .

Der ausgeglichene Fred wechselte das Thema und stellte an mich gewandt fest:

„Deine Eltern haben uns in Schlesien mit eurer Kutsche öfter im Jahr besucht."

„Das stimmt," pflichtete ich ihm bei. „Ihr habt ganz in der Nähe gewohnt, nur zwei Dörfer weiter. Zum Kaffeetrinken sind wir zu Onkel und Tante gefahren. Da hat mir Arnold, dein jüngerer Bruder, immer den Taubenschlag gezeigt. Tauben waren ja meine Lieblingstiere."

Mit vertrauten Erinnerungen an Schlesien beendeten wir unsere Unterhaltung und schliefen bald auf dem Nachtlager ein, das Hildegard so liebevoll hergerichtet hatte.

ca. 30 km

Lauingen an der Donau

Donnerstag, den 8.7.1954

Hildegard servierte uns ein ausgiebiges Frühstück. Sie kannte unseren großen Hunger. Gegen zehn verabschiedeten wir uns mit herzlichem Dank für ihre hervorragende Gastfreundschaft. Unser ehrgeiziges Tagesziel – Lauingen an der Donau. Werden wir es erreichen? Der Start stimmte uns optimistisch – Rückenwind! Mit hohem Tempo kamen wir anfänglich gut voran. Ärgerlich war Bennos wiederholte Schlauchpanne! Und obendrein stürzte Dieter kurz darauf mit dem Fahrrad: Eine Acht im Vorderrad und eine kaputte Speiche! Glück im Unglück – Dieter ist nichts passiert und der Schaden am Fahrrad ließ sich problemlos beheben. Wegen des Zeitverlustes kamen wir erst am späten Nachmittag in Weißenburg an, ein Ort mit einem historischen Stadtbild. Wir verzichteten auf eine Besichtigung. Wir dachten, bei einem Stopp unser Tagesziel nicht zu erreichen. Unsere Bedenken lösten sich bald in Wohlgefallen auf: Um 18 Uhr in Donauwörth und zwei Stunden später in Lauingen an der Donau. Mein Freund Ludwig Scherm brachte uns in der örtlichen Jugendherberge unter. Dafür waren wir ihm sehr dankbar.

ca. 137 km

Freitag, den 9.7.1954

Gegen sieben wurden wir bereits geweckt. Der Tag überraschte uns mit Regen, der bis abends nicht aufhören wollte. Um so erfreuter nahmen wir die Einladung von Ludwigs Mutter an, bei ihr zu frühstücken und Mittag zu essen. Wir empfanden es als eine dankbare Entschädigung für das schlechte Wetter. Damit unter uns keine Langeweile aufkommt, stellte Ludwig seinen Freund Max Springer vor, der mit uns eine Art Gruppenstunde abhielt. Er legte einen Gedanken aus der katholischen Soziallehre dar, dass das, was eine Person aus eigener Kraft leisten kann, ihr nicht weggenommen und nicht staatlichen Stellen übertragen werden darf. Falls nötig, darf die Gesellschaft den Einzelnen unterstützen, gewissermaßen Hilfe zur Selbsthilfe leisten. Vorwiegend Diktaturen glauben, alles besser von oben planen und regeln zu können. Wir haben Max aufmerksam zugehört, wenig diskutiert und ihm nicht widersprochen. Zu diesem für uns neuen Prinzip der Eigenverantwortlichkeit fehlte uns in unseren jungen Jahren die nötige Lebenserfahrung, um dazu etwas sagen zu können. Oder lag es an der vielfach geübten Zurückhaltung, als DDR-Bürger offen die Meinung zu äußern? Mag sein.

Am restlichen feuchten Nachmittag schrieben wir Briefe an unsere Eltern, damit sie sich nicht zu viel Sorgen um uns machten. Zum Abendbrot reichte uns die Jugendherberge Brot mit Butter und Käse.
„Warum gibt es heute Käse, keine Wurst?", fragte sich Dieter.
Sowohl Benno als auch mir kam es eigenartig vor, bis Benno einfiel:
„Heute ist ja Freitag. Da verzichten die Katholiken auf Wurst und Fleisch. Und Bayern ist ein katholisches Land. Die nehmen´s halt hier in der Jugendherberge genau."
    Bevor wir einschliefen, ließen wir den Tag an uns vorüberziehen.
„Dieter, wie fandst du das, was uns Max erzählt hat?"
„Gut! Da kann man nichts dagegen sagen."
Ich freute mich über seine Zustimmung und bekräftigte seinen Kommentar:
„Das hat er alles gut erklären können. Auf mich wirkten seine Überlegungen sehr positiv."
Nach einer kurzen Pause goss Dieter etwas Wasser in den Wein, indem er ergänzte:
„Er ist schon ein geschickter Redner, der Max. Kann mit Worten gut umgehen. Sicherlich ein politisch interessierter Mann."
Damit wollte ich eigentlich den erzwungenen Ruhetag bewenden lassen. Dagegen konnte Dieter nicht sofort einschlafen und fragte mich:

18

„Sag mal, wie hast du denn Ludwig kennen gelernt? Das ist doch kein Heimatvertriebener!"

Ich überlegte: Soll ich ihm das alles vor dem Einschlafen ausführlich erzählen? Ich versuchte es:

„Mein Bruder und ich sind im Hungerjahr 1947 in den großen Ferien von der Diözese Augsburg eingeladen worden, uns in den Alpen zu erholen."

„Was, gab´s denn so was? Davon habe ich nie was gehört," unterbrach mich Dieter erstaunt.

„Das hat die Kirche organisiert. Du weißt ja. Das war wenige Monate nach unserer Vertreibung aus Schlesien. Unsere große Familie in zwei kleinen, schrägen Dachkammern untergebracht. Ohne Heizung! Ohne Wasseranschluss! Ohne Toilette! Mein Bruder und ich hatten mehr als zwei Jahre keine Schule gehabt! Der Anfang im fremden Leipzig war schwer. Und der Hunger, der Hunger!"

Die Erinnerung an diese schreckliche Situation machte mich traurig. Nur gut, dass es dunkel war und Dieter meine feuchten Augen nicht wahrnehmen konnte. Meine Stimme verriet ihm, dass ich nicht weiter reden konnte. Nach einer langen Pause fragte er:

„Wie seid ihr nach Augsburg gekommen? Hattet ihr eine Erlaubnis, nach Westdeutschland zu reisen?"

„Die gab´s doch nicht. In der Nacht schwarz über die Zonengrenze."

„Erzähl weiter! Wie lange wart ihr in den Alpen? Was habt ihr alles gesehen?" , ermunterte mich Dieter.

„Ganze drei Wochen! Wir haben uns sehr gut erholt. Fast zehn Pfund zugenommen. Die erste Woche im Alpenvorland in einem Jugendzeltlager bei Ottobeuren. Die letzten zwei Wochen direkt in den Allgäuer Alpen. Da haben mein Bruder und ich das erste Mal einen fast 1800 Meter hohen Berg bestiegen. In der Nähe von Sonthofen."

„Habt ihr denn das geschafft? Du warst doch damals erst zwölf," überlegte Dieter.

„Wir hatten in Schlesien eine Landwirtschaft. Da haben wir als Kinder schon viel mitgearbeitet. Das Hochkommen war nicht das Problem."

„Und was sonst?"

„Die Schuhe! Wir hatten nur ein Paar. Und die waren schon sehr abgelaufen. Die mussten wir schonen."

Ich hielt inne und überlegte: Soll ich das Dieter erzählen? Welchen Eindruck mag er von mir bekommen? Ich überwandt mich.

„Wir sind barfüßig hochgestiegen. Das war möglich, weil wir noch die schlesische Hornhaut an den Füßen hatten. In unserer Heimat sind wir bis weit in den Herbst hinein barfuß gegangen."

Dieter wunderte sich und bemerkte:

„Wir sind im Sommer auch ohne Schuhe gegangen, Aber unsere Hornhaut war nie so stark. - Wie ich jetzt weiß, hast du die Alpen schon vor Jahren gesehen. Da bin ich gespannt, wie sie auf mich wirken werden."

Etwas ungeduldig wollte Dieter endlich wissen, wie ich Ludwig kennen gelernt habe.

„Ganz einfach: Aus dieser Zeit hat sich eine Brieffreundschaft ergeben, die bis heute andauert."

Inzwischen war es spät geworden. In der Jugendherberge hatten wir die Nachtruhe einzuhalten. Trotz der angeregten Unterhaltung schliefen wir bald ein.

Heimatfreunde in Geislingen

Sonnabend, den 10.7.1954

Wir haben sehr, sehr lange geschlafen. Nicht, weil wir uns am Wochenende ausruhen wollten. Gewiss nicht! - Es regnete weiterhin. Wir aßen die Reste von Max, die er uns freundlicherweise gegeben hatte. Der Himmel wolkenverhangen – keine Wetterbesserung in Sicht! Andererseits müssen wir uns an den vorgegebenen Zeitplan halten. Sonst ist Alfred eher bei meinen Bekannten am Bodensee als wir und muss auf uns warten. Er hat doch wenig Urlaub und will jeden Tag nutzen, um die Alpen zu genießen.
Es hilft nichts. Trotz Regen Start um ein Uhr! Unser heutiges Halbtagesziel: Geislingen über Gundelfingen, Heidenheim und Böhmenkirch. Nach fünf Stunden Dauerregen erreichten wir unser Ziel – nur mit dürftigem Regenschutz, bis auf die Haut durchnässt! Mich traf es extrem hart. Mein altes Sportrad besaß keine Schutzbleche, wodurch ich zusätzlich von unten nass gespitzt wurde.

Nun standen wir vor dem Haus, in dem Lenchen mit ihrem Mann und ihrer kleinen Tochter wohnte, pitschnass am ganzen Körper. Voller Zweifel wagte ich nicht zu klingeln. Ein Gefühl der Zumutung, der Unerhörtheit überkam mich. Ich hatte zwar unseren Besuch in einem Brief angekündigt und erwähnt, im Zelt zu schlafen. Jetzt in unseren nassen Klamotten? Totaler Leichtsinn! Lenchen war zwar die gute Freundin meiner älteren Schwester in unserem Heimatdorf. Sie hat mich allerdings mehr als zehn Jahre nicht gesehen. Sie kennt mich lediglich als kleiner Junge. Ich kramte meine Kindheitserinnerungen aus dem Unterbewusstsein hervor. Die sagten mir: Lenchen ist eine Seele von Mensch! Ich wagte zu läuten. Kurz darauf stand sie vor mir, so, wie ich sie in Erinnerung behalten hatte.
„Da seid ihr ja. Kommt rein!"
Sie schaute uns an und erschrak:

„Ihr seid ja von oben bis unten nass! Ich gehe sofort in die Waschküche runter und mache Feuer. Ihr müsst warm baden. Sonst holt euch der Tod."

Nicht nur ihr Akzent sondern auch ihre typisch schlesische Ausdrucksweise verrieten meinen Freunden, sie ist aus meiner Heimat. Meine anfänglichen Zweifel, nicht willkommen zu sein, verschwanden und ich fühlte mich wie zu Hause. Ihre Wohnung in einem Altbau – klein, ohne Bad, aber gemütlich. Lenchen stellte uns ihren Mann vor: Erich, auch ein Vertriebener, nicht aus Schlesien sondern aus dem Sudetenland. Wir verstanden uns gleich mit ihm. Wie wir später erfuhren, hat er in der Wohnung mit handwerklichem Geschick Vieles selbst gemacht. Lenchen führte uns in den Keller. In der Waschküche brannte bereits unter dem Wasserkessel das Feuer. Sie stellte eine Zinkbadewanne auf und legte Badetücher bereit.

„In der Wanne könnt ihr baden. Es dauert nicht lange, da ist das Wasser im Kessel warm."

Mit diesem Hinweis ließ sie uns allein. Wir kümmerten uns um das Feuer. Der aufsteigende Wasserdampf verwandelte den kleinen, niedrigen Innenraum in eine Sauna. Einer nach dem anderen genoss das heiße Kellerbad nach der regnerischen Halbtagestour. Inzwischen hatte Lenchen das Abendbrot vorbereitet und lud uns dazu ein.

„Lenchen, das heiße Bad hat uns sehr gut getan. Danke, danke für die prima Idee!"

Am Tisch lernten wir das Töchterchen Bärbel kennen, ein immer freundliches, liebes Kind, nicht ganz vier Jahre alt. Während unseres Aufenthaltes war sie stets ausgeglichen, nie missmutig. Nach dem Abendbrot wollte Erich uns was Gutes tun. Er lud uns ins Kino ein. Wir sahen „Unternehmen Tigersprung", einen spannenden Fliegerfilm. Für meinen Geschmack zu oberflächlich. Es war von Erich sehr gut gemeint und wir dankten ihm dafür. Mit Erinnerungsgesprächen ließen wir den Tag gemeinsam ausklingen. Lenchen bereitete uns in der eng begrenzten Wohnung auf dem Fußboden des Wohnzimmers eine Schlafgelegenheit vor. Sie tat es mit einer

Selbstverständlichkeit, als ob wir drei ihre Söhne seien. Beide, Lenchen und Erich hatten ihr langes Lagerleben der Nachkriegszeit nicht vergessen. Nur so ist ihre selbstlose Hilfe unter Heimatfreunden zu verstehen. Mit einem stillen Dankgebet schlief ich bald ein.

ca. 67 km

Sonntag, den 11.7.1954

Nach dem gemeinsamen Frühstück besuchten Benno und ich um neun die Sonntagsmesse zusammen mit Erich. Anschließend wanderten wir mit Dieter hoch zur Steige. Oben hatte Erich gemeinsam mit anderen Heimatvertriebenen südwestlich von Geislingen weit sichtbar ein großes Ostlandkreuz errichtet. Ein Mahnmal zum Gedenken an die verlorene Heimat. Von hier bot sich ein klarer Überblick auf das Hochtal und die Stadt. Die Steige bildet an dieser Stelle die Wasserscheide zwischen Rhein und Donau. Das kleine Filsflüsschen der Stadt leitet ihr Wasser über den Neckar in den Rhein. Während der kleinen Wanderung hatte das Wetter Mitgefühl mit uns. Es regnete nicht, obwohl der Himmel Wolken verhangen war. Lediglich an wenigen Stellen riss der Himmel auf.

Wir brachten unsere Räder in Ordnung. Lenchen servierte uns ein vorzügliches Mittagessen mit einer Selbstverständlichkeit, als ob wir zur Familie gehörten. So gegen drei hellte sich der Himmel auf. Wir entschieden zu starten. Auf die Fahrt gab uns Lenchen noch Brot, Margarine und Wurst mit. Wir verabschiedeten uns mit aufrichtigem Dank von Lenchen und Erich für die großzügige Gastfreundschaft und strampelten die Steige hoch in Richtung Türkheim. Noch vor dem Ort erwischte uns ein starker Gewitterregen. Er machte uns wiederum nass, bevor wir uns unterstellen konnten.

„Das Sauwetter muss doch bald mal zu Ende sein," fluchte ich. Es nützte nichts. Das Wetter zeigte kein Erbarmen mit uns. Es blieb unbeständig. Eine nahezu drei Kilometer lange Abfahrt mit sechs Prozent Gefälle brachte uns nach Blaubeuren. Ich bekam Probleme mit den Bremsbacken, Benno mit dem

Fahrradmantel. Der wieder einsetzende Regen nahm uns die Lust, den bekannten Blautopf zu besichtigen. Wir gaben unser Ziel auf, bis nach Ehingen zu fahren. Unweit hinter Blaubeuren schlugen wir unser Zelt auf und aßen von Lenchens Reiseproviant. Dabei kam Dieter auf meine Bekannten zu sprechen.

„Lenchen und Erich haben einen sehr guten Eindruck auf mich gemacht. Wie die sich verstehen, miteinander umgehen! Alles läuft harmonisch ab."

„Dieter, ich bin ganz deiner Meinung, als ob sie sich die Wünsche gegenseitig von den Augen ablesen."

„Jeder Besuch ist eine Belastung. Aber bei denen habe ich das nicht festgestellt," bemerkte Benno.

Es freute mich natürlich, dass sich Benno und Dieter in dieser Familie wohl gefühlt haben. Nach dem positiven Rückblick machten wir uns schlaffertig, legten die Tageskleidung ab, zogen die dicken Schlafsocken sowie den Trainingsanzug an und wickelten uns in die Schlafdecke. Trotz des Wetterpeches fielen uns bald die Augen zu.

ca. 31 km

Die Wolgadeutschen

Als wir früh erwachten, kam es uns im verschlossenen Zelt relativ hell vor. Haben wir verschlafen, fragten wir uns. Wir öffneten den Eingang. Welch Überraschung: Endlich Sonne, Sonne – kaum zu glauben! Wir wuschen uns etwas gründlicher als sonst, legten andere Kleidung an, frühstückten bescheiden wie üblich und fuhren die paar Kilometer nach Blaubeuren zurück, um einen neuen Fahrradmantel für Bennos Rad und Bremsbacken für mich zu kaufen. Ich wechselte an Ort und Stelle die angebrochenen Bremsbacken aus und Benno warf den abgefahrenen Mantel am Hinterrad weg. Er hatte nämlich die wiederholte Schlauchpanne verursacht.

Nachdem wir die Schwachstellen an unseren Rädern beseitigt hatten, nahmen wir uns Zeit, den bekannten Blautopf aufzusuchen. Der Quelltopf hat einen Durchmesser von mehr als vierzig Meter, ist zwanzig Meter tief und lässt je Sekunde zwei Kubikmeter tiefblaues Wasser aus dem Topf abfließen. Wir besuchten noch die Kirche mit dem bekannten Hochaltar aus dem fünfzehnten Jahrhundert. Danach schwangen wir uns auf unsere Räder und strampelten voller Optimismus der Sonne entgegen. Mein unausgesprochenes Ziel: Heute Abend bei meinen wolgadeutschen Freunden in Krumbach zu sein. Das Dorf liegt etwa fünfzehn Kilometer nördlich vom Bodensee. Bei schönem Wetter eine durchaus realistische Vorgabe, falls uns nichts aufhält! Wir durchfuhren die Orte Ehingen, Riedlingen, Mengen sowie Meßkirch und kamen gegen sechs abends in Krumbach an.

Welch eine Überraschung! Alfred trafen wir bei meinem Freund Alex Veit an. Er legte gleich los:
„Sagt mal, wo wart ihr drei Kerle gewesen? Ihr wolltet mich doch heute um 15.30 Uhr in Sigmaringen abholen!"
„Hatte ich das wirklich so mit dir vereinbart? Daran habe ich nicht mehr gedacht. Wir hätten´s beim besten Willen auch

nicht geschafft. Der viele Regen machte uns einen Stich durch die Rechnung," konterte ich.

„Ich habe trotzdem gut hergefunden," stellte Alfred im versöhnlichen Ton fest.

„Alfred, erzähl mal: Wie war deine Fahrt?"

„Ich bin bei strömendem Regen in Leipzig losgefahren. Der Zug war brechend voll. Und dann der Kampf um einen Platz für mein Rad im Gepäckwagen! Danach einen Stehplatz für mich finden. Das alles in feuchten Sachen – recht ungemütlich."

„Auch uns Drei hat der Regen stark zugesetzt," gab ich zu Bedenken.

„Erzähl weiter! Wie bist du heute über die Grenze gekommen? Bei uns ging alles glatt."

„An der Grenze raus aus dem Zug! Rein in die Baracke! Ausweis- und Bargeldkontrolle. - Allgemeine Nervosität."

Nach einer Verschnaufpause Alfred erleichtert weiter:

„Auf der anderen Seite der innerdeutschen Grenze endlich ein Sitzplatz im Zug, Wasser und Seife in der Toilette! Es ging über Bamberg, Augsburg und Ulm nach Sigmaringen. Von dort die letzten zwanzig Kilometer hierher mit dem Rad. Alex hat mich freundlich in Empfang genommen."

Nach diesem Kurzbericht luden uns Alex und seine Mutter zum Abendbrot ein. Obwohl ich wusste, dass Frau Veit ein bescheidenes Leben führen musste - ihr Mann war aus russischer Kriegsgefangenschaft noch nicht heimgekehrt, nahmen wir die Einladung an. Unser starke Appetit und die leeren Magen unterdrückten jegliches Gefühl der Höflichkeit. Danach ging ich mit meinen Freunden bei Alexander Schwab vorbei, begrüßte seine Mutter, seine verheiratete Schwester und die Jüngste, die ich damals vor fünf Jahren in Leipzig nur als Kind kannte. Wir machten einen entspannten Spaziergang durchs Dorf und die beschaulich ländliche Umgebung gemeinsam mit Alexander, seinen zwei Schwestern und dem Schwager. Als die Sonne untergegangen war und sich die Dämmerung auf die Häuser senkte, machte Alexander den Vorschlag, in der Scheune zu übernachten. Die Idee fanden wir ausnahmslos gut. So fand der erste regenfreie Tag mit Alfreds geglückter Ankunft ein Ende.

ca. 100 km

Dienstag, den 13.7.1954

Der Tag zeigte sein erstes Lächeln, wodurch uns der sonnige Morgen nicht lange in der Scheune festhielt. Bereits um sieben saßen wir bei Alex Veit am Frühstückstisch. Er machte uns einen gut gemeinten Vorschlag:

„Etwas nördlich von hier ist der Donaudurchbruch und ein Kloster. Da hat sich der Fluss vor Urzeiten den Weg zum Schwarzen Meer gebahnt. Den müsst ihr euch ansehen."

Alle schwiegen. Keiner war begeistert. Endlich hatte Alfred Mut, dazu etwas zu sagen:

„Weißt du, Alex, wir wollen auf dem kürzesten Wege nach Freiburg. Da wohnt eine Tante von mir. Die will ich besuchen." Alex ließ nicht locker.

„Der Umweg ist nicht groß. Ich begleite euch. Einverstanden?"

„Ist das Kloster direkt am Durchbruch?", wollten wir wissen.

„Genau. Wenn ihr wollt, kriegt ihr im Kloster sogar ein Mittagessen umsonst."

Unsere Gesichter hellten sich plötzlich auf. Das Gratisessen machte alle Gegenargumente nichtig. Die Entscheidung war gefallen. Alex zeigte uns mit seinem Rad den Weg bis Beuren. Nach etwa zwanzig Kilometern erreichten wir auf einer schmalen, kaum befahrenen Straße den Donaudurchbruch, ohne durch große Ortschaften fahren zu müssen. Der sonnendurchflutete Morgen und die beschauliche Landschaft ohne große Anstiege versetzten uns in Hochstimmung. Wir sangen gemeinsam das bekannte Radellied von Johannes Theissing:

> *Wir radeln durch das Land*
> *auf grauer Straße Rand*
> *und pfeifen wie ein Fink dabei.*
> *I:Wir fahren in den Morgen*
> *ohne uns zu sorgen,*
> *wo am Abend Herberg für uns sei. :I*

Bevor sich Alex von uns verabschiedete, dankten wir ihm für die Begleitung und die großzügige Gastfreundschaft mit dem Versprechen:

„Nach dem Schwarzwald kommen wir wieder bei euch vorbei. Wir fahren aber bald weiter zu den Allgäuer Alpen."

„Gut. – Da könnt ihr wieder bei uns in der Scheune schlafen." Mit diesem Hinweis fuhr Alex nach Krumbach zurück. Wir besichtigten den Donaudurchbruch, probierten unsere Kletterkünste an seinen Felsen aus und suchten bald das Kloster auf, nicht um es zu besichtigen sondern um uns ein warmes Mittagessen zu erbetteln. Mein unersättlicher Magen verlangte einen Nachschlag, den mir jedoch der freundliche Klosterbruder nicht gewährte, indem er eindeutig mit dem Kopf schüttelte. Zur Geschichte des Klosters erfuhren wir: Es wurde vor rund tausend Jahren als Augustiner-Chorherrenstift gegründet und ist nach der Säkularisierung 1862 von Benediktinern neu besetzt worden.

Mit einem wohligen Gefühl im Magen radelten wir gemütlich auf einem breiten Wanderweg im Durchbruchstal der oberen Donau flussaufwärts. Nichts erinnerte uns an die Zivilisation des zwanzigsten Jahrhunderts: Weit und breit kein Haus in Sicht. Absolut kein Verkehrslärm vernehmbar. Sogar die Vögel schwiegen zu dieser Jahreszeit. Sie waren mit der Brut und ihrem Nachwuchs beschäftigt Das angenehme Fließgeräusch des Donauwassers im leicht ansteigenden Tal vermissten wir. Ihr noch recht jungfräuliches Wasser versickert hier abschnittsweise im karstigen Untergrund, um später wieder an die Oberfläche zu kommen. Kein Laut, kein Lüftchen störte die Einsamkeit des Tales. Wir lauschten in diese Stille hinein und empfanden das Abrollgeräusch unserer Räder auf dem sandigen Untergrund als wohltuende Begleitmelodie. Das herrliche Sommerwetter nach der tagelangen Regenperiode, das sonnendurchflutete Hochtal sechshundert Meter über Meeresspiegel mit aufgelockertem Baumbestand ließen in uns ein Gefühl des Glücks aufkommen. Das gemeinschaftliche Erleben in der friedlichen, lichttrunkenen Natur, die Übereinstimmung und der Einklang unter uns verstärkten unser

Glücksempfinden. In Gedanken versunken und etwas verträumt genoss jeder von uns bei gemütlichem Tempo die Ruhe und den Frieden in der Natur. Die nahezu paradiesische Situation verleitete Alfred sogar zur Aussage:
„Hierher mache ich mal meine Hochzeitsreise. Hier ist es so zweisam."

In Tuttlingen endete der Wanderweg im traumhaften Tal. Von da ab fuhren wir wieder auf einer Straße entlang des Flusses nach Donaueschingen. Nur wenige Kilometer danach, etwas westlich von Hüfingen bauten wir unser Zelt auf und kochten uns eine warme Suppe mit Milch, Mehl und Zucker. Die Milch haben Alfred und Benno bei einem Bauer in der Umgebung erbettelt.
Bisher hatten wir Drei wenig Geld ausgeben müssen. Die ersten Tage lebten wir von der mitgebrachten Verpflegung. Die Aufenthalte in Nürnberg, Lauingen , Geislingen und Krumbach ersparten uns viele Einkäufe. Selbst die zwei Bremsbacken schonten meinen Geldbeutel. Sie kosteten nur sechzig Pfennige. Welche Geldausgaben auf der weiten Tour auf uns zukommen werden, wusste wir alle Vier nicht. Deshalb wandte jeder auf seine Weise ein hartes Sparkonzept an. Am preiswertesten kauften wir im Konsum ein. Supermärkte gab es noch nicht. Ich als stärkster Esser mit einem extrem hohen Grundumsatz an Kalorien benötigte jeden Tag ein Kilo Brot zu 65 Pfennige und 250 Gramm preiswerte Tafelmargarine zu 35 Pfennige. Zwei kleine Flaschen Wodka hatte ich als Mitbringsel einem wolgadeutschen Mann geschenkt. Ich schäme mich, es zu erwähnen: Er gab mir dafür paar Mark. Ich nahm sie sogar an. Nur gut, dass all meine Freunde wussten, wie teuer das Leben im Westen für DDR-Bürger war.

Die Sonne sank tiefer und tiefer. Der länger werdende friedliche Schatten der Bäume mahnte uns, zur Ruhe zu kommen und Kraft zu tanken für den morgigen Tag. Die hereinbrechende Dämmerung ließ in uns gedanklich den herrlichen Tag vorüberziehen. Bevor wir einschliefen, kam mir das Radellied von Johannes Theising in den Sinn. Demnach sind auch andere „Fürsten" der Landstraße mit wenig Geld unterwegs:

> *Wir haben wenig Brot*
> *und kennen auch die Not,*
> *im Beutel ist kein Pfennig Geld.*
> *I:Doch trau´n wir auf den droben,*
> *den wir fröhlich loben,*
> *der uns schenkt die wunderbare Welt. :I*

ca. 77 km

Alfreds Tante in Freiburg

Als wir gegen acht wach wurden, bildete sich Alfred ein, Mehlsuppe zum Frühstück zu kochen.

„Die hat doch gestern Abend mit Milch vorzüglich geschmeckt," lobte er meine bescheidenen Kochkünste.

„Wir haben aber keine Milch mehr," gab ich zu bedenken.

„Los, wir fahren zusammen fechten," forderte mich Alfred auf. Zurück kamen wir mit drei Feldflaschen voller Milch für fünfzehn Pfennige. Ein gutes Bettelergebnis, wie Benno und Dieter meinten. Nun war es keine Kunst, eine schmackhafte Mehlsuppe für uns Vier zu kochen. Dazu aß jeder das, was er selbst eingekauft hatte. Ich natürlich meine bescheidenen Margarineschnitten.

Über unser Tagesziel gab es keine große Diskussion: Besuch bei Alfreds Tante in Freiburg. Ein Zwischenstopp machten wir am Titisee, ein mittelgroßer See am Feldberg über achthundert Meter hoch gelegen. Es fing an zu nieseln. Es war schauderhaft kalt. Daher hielten wir uns nicht lange auf. Bald rollten wir ohne zu treten zwanzig Kilometer durch das romantische Höllental hinunter dem Ziel Freiburg entgegen. Hier begann für Alfred eine irre Sucherei nach der Tante. Ich begleitete ihn. Wir kamen am Kolpinghaus vorüber. Am Ende unserer Geduld gingen wir hinein und aßen uns für eine Mark so richtig satt. Inzwischen hatten Benno und Dieter das Zelt in der Nähe des städtischen Schwimmbades aufgestellt. Auf einmal stellte Alfred fest:

„Meine Mutter hat mir die falsche Straße aufgeschrieben."

Schließlich und endlich fanden wir Alfreds Tante am späten Abend und wurden gastlich aufgenommen und bestens bewirtet. Sie gab uns einen wertvollen Tipp:

„Kürzlich hatte ich Besuch aus der DDR. Die erzählten mir, dass sie hier in der Stadt bei der Polizei einen Schein erhalten hätten. Mit dem durften sie sich drei Tage in der Schweiz aufhalten und zwar ohne Reisepass." Alfred und ich voller

Begeisterung:

„Toll! Das machen wir natürlich auch, wenn das geht."

Alfred und seine Tante tauschten noch verwandtschaftliche Informationen aus. Danach bot sie uns an, bei ihr zu schlafen, was wir sehr gern annahmen.

ca. 60 km

Donnerstag, den 15.7.1954

Nach dem Frühstück schlug Alfreds Onkel Gustav vor:

„Ihr müsst unbedingt zum Aussichtpunkt Schauinsland etwa zehn Kilometer südlich von der Stadt fahren. Da habt ihr einen tollen Blick auf die Oberrheinische Tiefebene. Mit etwas Glück erkennt ihr sogar die Berge der Vogesen im Elsass drüben."

„Guter Vorschlag. – Aber jetzt fahren wir erst mal zum Schwimmbad. Da haben unsere zwei anderen Freunde im Zelt übernachtet."

„Was? Das hast du mir gar nicht gesagt," warf Tante ein.

„Wir wollten euch nicht gleich zu Viert überfallen," gab Alfred zu bedenken.

Nun begann Onkel Gustav den Tag für uns zu organisieren:

„Wisst ihr was? Ihr holt eure zwei Freunde mit Sack und Pack hierher. Ich zeige euch, wo ihr die Scheine für die Schweiz bekommt. Danach treffen wir uns alle bei uns. Einverstanden?"

Gesagt – getan. Als wir mit den Dreitagesscheinen in der Hand zurück kamen, schenkte uns Onkel Gustav vier Tickets für die Schwebebahn auf den Schauinslandgipfel und schlug vor:

„Ihr fahrt jetzt mit euren Rädern dorthin. Das Gepäck bleibt alles hier. Da habt ihr ein leichteres Fahren. Danach kommt ihr alle zum Mittagessen und Kaffeetrinken zu uns."

„Danke, danke für die großzügige Einladung, lieber Onkel. Wir fahren gleich los, damit wir mittags wieder hier sind," versprach Alfred hocherfreut.

Die Straße führte uns wieder in die Berge, zunächst mäßiger Anstieg, zum Schluss sehr steil. Wir mussten schieben. Die Schwebebahn erreichte eine Höhe von fast 1300 Meter. Der Ausblick auf die Rheinebene – gewaltig. Die Vogesen in der Ferne nahmen wir zwar wahr, aber leider im sonnigen Dunst

eingebettet. Da wir zum Mittagessen bei Tante und Onkel pünktlich sein wollten, hielten wir uns hier oben nicht lange auf. Die steile Straße ging es im Sausetempo ohne Gegenverkehr ungebremst runter. Wir überholten sogar einen VW-Käfer. Die Person hinter dem Fahrer kurbelte das Fenster runter und rief uns laut zu:
„Mehr als sechzig Kilometer fahrt ihr!"
Erst jetzt erkannten wir: Eine hübsche, junge Tochter, ihre Eltern auf den Vordersitzen! Als die Straße unten flacher wurde, holte uns der VW ein und hielt neben uns an. Die freundliche Tochter schenkte uns Schokolade und Bonbons – eine liebevolle, unvergessene Geste nach mehr als sechzig Jahren. Johannes Theising hat auch an solch ähnliche Situationen in seinem Lied gedacht.

> *Wir lieben den Asphalt,*
> *den ebnen Weg im Wald,*
> *die Straße an dem kühlen Fluss.*
> *I: Wir sehn so manches Städtchen*
> *und so manche Mädchen*
> *rufen im Vorbeifahren einen Gruß. :I*

Nach dem reichlichen Mittagessen und Kaffeetrinken bei Alfreds Verwandten verabschiedeten wir uns mit tausend Dank.

Eine gewagte Prognose

Wir radelten mit schnellem Tempo auf der ebenen B 3 bis Mühlheim, verließen die Rheinebene und entschieden, den Südschwarzwald kennen zu lernen. Auf einer Nebenstraße erreichten wir am späten Nachmittag Badenweiler, bekannt durch sein Thermalbad. Am Ortsausgang in Richtung Sankt Blasien fanden wir ein romantisches Plätzchen zum Zelten. Auf der linken Straßenseite, kaum fünfzig Meter von der Straße weg, bauten wir unser Zelt unter Bäumen auf, unmittelbar am Ufer eines Baches mit reinstem Gebirgswasser. Rechts der Straße eine kleine Kirschplantage mit reifen Kirschen, die als Vorspeise zum Abendbrot köstlich schmeckten. Oberhalb unseres Zeltplatzes entdeckte ich einen kleinen Kartoffelacker. Bei den hohen Pflanzen scharrte ich mit den Fingern seitlich die Erde weg und löste die größten Kartoffeln vom Wurzelwerk recht vorsichtig ab. Das entstandene Loch füllte ich mit Erde auf, damit die Pflanze weiter wachsen kann. All das machte ich deshalb so pedantisch genau, um mein schlechtes Gewissen beim vollzogenen Mundraub leichter ertragen zu können.

Während ich beim nahe gelegenen Haus um etwas Essbares bettelte, bereiteten die anderen Drei Bratkartoffeln aus rohen Kartoffeln auf dem Benzinkocher zu. Als die Frau des Hauses erschien, erzählte ich ihr, dass wir zu Viert unten am Bach zelten und uns über eine Kleinigkeit zum Abendessen freuen würden. Ohne viel Worte gab sie mir einen Topf mit roter Grütze und verschwand wieder im Haus, so, als ob sie stark beschäftigt sei. Daraufhin kam ich mit ihrer Enkelin ins Gespräch, die sich in den Ferien bei der Oma aufhielt. Erika, so hieß die etwa sechzehn Jahre alte Schülerin, erzählte mir etwas nachdenklich:

„Meine Eltern brachten mich hierher. Sie haben Probleme miteinander. Hoffentlich bleiben sie zusammen!"

Ich zeigte Erika mein Mitgefühl. Sie wollte sich ihren Kummer von der Seele reden.

„Erika, meine Freunde werden das Abendessen fertig haben. Ich gehe runter und nehme die Grütze mit. Sag Oma – vielen Dank! Vielleicht komme ich noch mal wieder."

Meine Freunde begannen zu lästern:

„Das war aber keine reiche Bauerstochter. So lange weg und nur Grütze!"

Sie machten sich über meine weniger erfolgreiche Bettelei lustig. Ich hatte riesigen Kohldampf und kostete ihre Bratkartoffeln.

„Die sind total versalzen! Ihr seid keine guten Köche."

Ich habe dennoch den Rest aufgegessen mit dem Gedanken: Der Hunger treibt´s rein. Die Grütze vertilgten wir gemeinsam als willkommene Nachspeise. Ich nochmals zu Erika, nicht, um zu betteln sondern zu plaudern. Große Enttäuschung – alles dunkel! Die Terrassentür zur Wiese raus und alle Fenster an dieser Hausfront verschlossen. Bald erkannte ich im Dunkeln: Die Balkontür stand weit auf. Ich rief verhalten:

„Erika!"

Die Gardine bewegte sich. Sie kam an die Balkonbrüstung, wegen der abendlichen Kühle den Morgenmantel übergezogen.

„ Oma schläft. Ich habe mich auch schon umgezogen. Wir dürfen nicht zu laut reden. Sonst wird sie wach."

Erika wollte natürlich von mir wissen, wer wir sind, woher wir kommen und was wir noch alles sehen wollen. Am späten Abend gegen elf beendeten wir unsere Plauderei, ohne uns die Hand geben zu können. Ihr Balkon lag zwar nicht im ersten Stock sondern im Hochparterre, jedoch so hoch, dass ich ihre Hand nicht erreichen konnte. Ich kroch vorsichtig ins Zelt, ohne meine Freunde zu wecken und schlief bald ein.

ca. 76 km

Freitag, den 16.7.1954

Nach dem Frühstück säuberte ich den Alutopf, in dem die Grütze gewesen war, im klaren Bachwasser und brachte ihn Frau Haas, Erikas Oma zurück. Ihren Namen hatte mir gestern Abend Erika mitgeteilt. Im Stillen hoffte ich natürlich, dass mir Frau Haas bei dieser Gelegenheit noch etwas Verpflegung auf unsere Tour mitgibt. In der Tat überraschte sie mich mit einem halben Brot, Kartoffeln, Wurst, zwei Ecken Schmelzkäse und mit drei Klopsen. Ich bedankte mich sehr herzlich für die großzügige Reiseverpflegung. Wahrscheinlich hatte Erika ihr einiges von uns erzählt. Frau Haas war nicht so kurz angebunden wie gestern, sondern nahm sich Zeit und sprach mit mir über geistige und kulturelle Zentren von Völkern im Laufe der Geschichte und vertrat die Meinung, in China wäre die früheste Hochkultur entstanden. Danach sei sie über Indien in das Zweistromland Mesopotamien gewandert, von da nach Ägypten, Griechenland und Rom. Als das Römische Reich zerfiel und die industrielle Entwicklung einsetzte, spielte England, Frankreich und kurze Zeit auch Deutschland die Hauptrolle.

„Und jetzt haben die USA die Führungsrolle übernommen,“ erklärte Frau Haas und fuhr fort:

„Das wird aber nicht so bleiben. Die Chinesen sind ein kluges und fleißiges Volk. Sie werden in Zukunft Amerika ablösen.“

Ich hörte mir all das interessiert an und wollte am liebsten widersprechen. Ich konnte mir beim besten Willen nicht vorstellen, dass Mao Zedong, der erste Mann in der kommunistische Partei Chinas, mit der gleichen Wirtschaftspolitik wie in der DDR sein Land voran bringen könnte. Mit seiner totalen Subventionspolitik verletze er radikal alle wirtschaftlichen Gesetze, sagte ich mir. Am Ende ihrer Darstellung meinte sie:

„Wenn das führende Kultur- und Wirtschaftszentrum einmal die Erde umkreist hat und zum Ausgangspunkt zurückkehrt, dann weiß heute keiner, was danach kommen wird.“

Ihre damalige Aussage hatte mich fasziniert. Seitdem sind mehr als sechzig Jahre vergangen, ohne die Unterhaltung vergessen zu haben. Erst jetzt habe ich mich entschlossen, unseren Reisebericht niederzuschreiben. Tag für Tag so genau wie möglich. Als Erinnerungsstütze steht mir dazu ein kleiner Taschenkalender, sieben mal zehn Zentimeter groß, von den Vereinigten Sparkassen des Land- und Stadtkreises Dillingen zu Verfügung, den mir mein Freund Ludwig zu Weihnachten

36

1953 schenkte. Der Kalender gab gerade mal neun Quadratzentimeter je Tag für Notizen her: Mit Bleistift sehr klein geschrieben, heute kaum lesbar! Ich musste mich beim Schreiben auf die Namen von Orten und Personen beschränken. Erlebtes konnte ich nur andeuten. Alles andere hatte ich aus der Erinnerung hervorzukramen, angeregt durch das äußerst magere Geschreibsel im Taschenkalender. Naheliegend war, meine Freunde zu fragen und ihre Erinnerungen abzuschöpfen. Da bot sich bei Benno und Dieter kaum eine Gelegenheit. Und Alfred? Seine Kommentare zu den selbst aufgenommenen Fotos und den gekauften Ansichtskarten haben einige meiner Erinnerungslücken geschlossen. Gedanklich erlebte ich die Fahrt ein zweites Mal am Schreibtisch mit exakten Landkarten und mit Brockhaus als Nachschlagewerk.

Was können wir heute sagen, was sein wird, nachdem sich der Kreis der Führungsnationen um den Erdball zu schließen beginnt? Im Zeitalter des Internet ist die Welt kleiner geworden. In Sekundenschnelle verbreiten sich Nachrichten über die gesamte Welt. Eine gute Voraussetzung für die Angleichung unterschiedlicher Kulturkreise. Durch die Verharrungsenergie, die in jedem Menschen steckt, kann der Anpassungsprozess Generationen dauern. Wir benötigen Geduld. So nährt das Internet jetzt schon die Globalisierung. Die Tatsache lässt den Gedanken zu, dass sich die westlichen Demokratien und die undemokratischen Länder nach und nach angleichen werden. Wer meint, das sei unrealistischer Optimismus, der sollte das total unfreie China Mao Zetongs mit dem heutigen China vergleichen. Beide Ländergruppen werden sich aufeinander zu entwickeln und eine bessere Synthese ergeben – mit mehr Freiheit für die eine Gruppe und weniger für die andere. Auch die heutigen Demokratien können optimiert werden.

Nach meinen gedanklichen Ausflügen zurück zu Frau Haas! Sie machte auf mich einen klugen, vielseitig interessierten und aktiven Eindruck, weniger vom Gefühl als mehr vom Verstand gesteuert. Inwieweit Erika bei den Gesprächen anwesend war, ist mir völlig entfallen. – Plötzlich wurde ihrer Oma bewusst, wie viel Zeit sie mit mir zugebracht hatte. In ihrer resoluten Art kam ihr das wohl oft angewandte, aber nicht bös gemeinte Zitat über die Lippen:

„Nun aber ab durch die Mitte!"

Südschwarzwald

Wir nahmen uns vor, heute den Rhein bei Schaffhausen zu erreichen. Es ist zwar nicht sehr weit, aber wir müssen bergiges Gelände einplanen, bis Sankt Blasien in östlicher Richtung lang gezogene Bergrücken und Täler des Südschwarzwaldes überqueren, schlussfolgerten wir. Die schmale, kurvenreiche Nebenstraße führte uns durch ein wunderschönes Waldgebiet mit vielen Steigungen. Bei einer extrem langen Bergstrecke haben wir nahezu zwei Stunden die Räder geschoben, bis wir oben ankamen. Es war für alle sehr strapaziös, insbesondere für Dieter mit seinem schweren Fahrrad. Zudem wollte er auch mehr als die anderen Drei die schöne Gegend genießen. Sobald wir ihn nicht mehr sahen, mussten wir warten. Sonst wüsste er nicht, wo es lang geht. Alfred und ich tolerierten ungern Dieters Verhalten. Um so mehr bewies Benno in solchen Situationen seine menschliche Größe und vermittelte zwischen Dieter und uns, oft auch ohne Worte mit einer versöhnlichen Miene oder gar mit einem befreiendem Lächeln.

Bei Wembach kamen wir auf die Hauptstraße, die rechts nach Basel führt. Wir überquerten sie und warteten am Straßenrand auf Dieter. Nach wenigen Minuten hatte er uns erreicht, fuhr über die Hauptstraße zu uns rüber und übersah dabei einen VW Käfer auf der Hauptstraße, der nach Basel unterwegs war. Das Auto bremste stark, erwischte gerade noch Dieters Hinterrad. Ergebnis: Eine Acht im Hinterrad und zwei Speichen kaputt! Das junge Pärchen stieg aus, schaute sein Auto an – keine Schramme. Alfred knurrte:

„Fahrrad kaputt! Wir sind aus der Ostzone und haben kein Geld."

Der Fahrer holte die Geldbörse aus der Jackentasche. Die Beifahrerin zu uns:

„Wir hatten Vorfahrt. Ihr seid Schuld."

Der mitfühlende Fahrer gab uns fünf Mark und fuhr weiter. Wir stellten Dieters Rad auf den Kopf, drückten die Acht aus dem Hinterrad und spannten die Speichen nach. Dabei fiel eine erbettelte Käseecke aus der Radtasche und wurde von uns im Gras breitgetreten.

„Schau, da liegt der erbettelte Käse von der reichen Bauertochter im Gras," spaßte Alfred wiederum.

Ich schämte mich nicht, den zertrampelten Käse aufzuheben, entfernte paar Grashalme und aß ihn genüsslich auf. Mein Hunger war wie immer groß, das Geld knapp.

„Sag mal, hast du den VW nicht kommen sehen?", herrschte Alfred etwas verärgert Dieter an.

„ Doch, aber ich dachte, ich schaff`s noch."

„Dieter, du hast noch großes Glück gehabt. Du hättest auch im Krankenhaus landen können. Da wäre unsere Alpenfahrt futsch gewesen."

„Du hast recht. Die vielen Berge haben mich ganz schön mitgenommen. Ich war unkonzentriert," gestand Dieter einsichtig und nickte mit dem Kopf dazu.

Die Fahrt ging etwas verhaltener weiter, und zwar einige Kilometer auf der Hauptstraße bis Geschwend. Dort bogen wir rechts in eine schöne, waldreiche, aber auch bergige Nebenstraße ab, hoch hinauf bis Bernau. Zum Teil mussten wir absteigen und mehr als eine Stunde schieben. Nach dem Ort eine wunderbare Abfahrt ins Albtal nach Sankt Blasien! Vor der Stadt einen einmaligen Blick auf die enorme Kuppel der ehemaligen Klosterkirche mit einem Durchmesser von 32 Meter, die drittgrößte der Erde. Sie ist im 18. Jahrhundert erbaut worden. Bei der Besichtigung der Kirche erfuhren wir, dass in dieser beschaulichen Gegend bereits im neunten Jahrhundert eine Benediktinerabtei bestand. Die Abtei war nicht nur religiöses Zentrum sondern ebenso wirtschaftlicher und kultureller Mittelpunkt, um den sich Menschen ansiedelten. So entstand Sankt Blasien. Die Stadt liegt trotz unserer langen Abfahrt fast achthundert Meter hoch an der Alp, einem Nebenfluss des Hochrheins. Endlich wird unsere Radelei bequemer, entlang der Alp keine Steigungen sondern leichtes Gefälle – eine Erholung! Das Alptal ist recht romantisch, ein kleines V-Tal mit steilen Hängen. Weiter zum Rhein zu hat sich der Fluss   klammartig tief in den

Untergrund eingegraben, flankiert von fantasievollen Felsgruppen. Die schmale, kurvenreiche Straße oberhalb des Flusses führt durch mehrere Tunnel und gibt wiederholt den Blick frei zum Wasserlauf im Talgrund.

Endlich wieder am Rhein bei Waldshut! Falls wir von Badenweiler rheinaufwärts bis hierher geradelt wären, hätten wir viel Zeit gespart und keine steilen Anstiege erstrampeln müssen. Auch wenn uns der Südschwarzwald so manche Strapaze gekostet hat, bereuen wir es nicht, ihn kennen gelernt zu haben, sagten wir uns. Die kaum zersiedelte, unberührte Natur mit bewaldeten Bergen und Tälern hat uns mehr als entschädigt. Hier bei Waldshut bauten wir unser Zelt auf. Eine in der Nähe wohnende Familie beobachtete uns und lud uns zum Abendbrot ein. Es gab Kartoffeln mit Sauermilch. Wir müssen auf sie einen mitleidsvollen Eindruck gemacht haben. Die aus Oberschlesien stammende Familie namens Ebner hatte es in den Wirren der Nachkriegszeit hierher verschlagen. Näheres erfuhren wir nicht.

ca. 77 km

Sonnabend, den 17.7.1954

Familie Ebner lud uns dankenswerterweise auch zum Frühstück ein. Danach große Schweizbesprechung. Gott sei Dank war auf der Deutschlandkarte auch ein Teil der Schweiz mit drauf. Alfred ganz euphorisch:

„Ich habe eine gut situierte Tante, die in Küsnacht wohnt. Bei ihr will ich auf jeden Fall vorbeikommen."

„Alfred, wo hast du denn noch überall Verwandte? , fragte ich ihn neugierig.

„Mein Opa hat viele Geschwister. Die meisten wohnen aber in Deutschland."

„Wir dürfen nur drei Tage in der Schweiz bleiben. Wenn wir viel sehen wollen, müssen wir gut planen und die Zeit nicht verplempern," gab ich zu bedenken.

„Ich will auf jeden Fall die Südschweiz sehen, am besten das Tessin," wünschte sich Dieter.

„Ist nicht hier in der Nähe der Rheinfall? Den würde ich gern sehen wollen," äußerte sich Benno wie immer zurückhaltend.

„Benno, der ist doch ganz in der Nähe, bei Schaffhausen. Da können wir heute noch hinfahren," warf ich ein.

„Und von dort über Winterthur nach Küsnacht," fügte Alfred dazu.

Ein Blick auf den Schweizer Teil der Landkarte verriet uns, dass wir von Küsnacht über den Sankt Gotthard ins Tessin kommen.

„Ob wir das alles in drei Tagen schaffen?", gab ich zu bedenken.

„Wenn wir auch ein oder zwei Tage länger brauchen, wird uns der Schweizer Zoll nicht festhalten. Die sind froh, wenn sie uns wieder los sind," schlussfolgerte Dieter ganz richtig.

Inzwischen war es Mittag geworden. Wir entschieden, heute nicht in die Schweiz zu fahren, sondern radelten bis Altenburg, zum letzten Ort auf deutscher Seite gegenüber von Schaffhausen. Unterwegs musste Benno zweimal seinen Schlauch flicken. Die Pause nutzten wir und pflückten ein paar Kirschen am Straßenrand. Wir zelteten am Ortsrand von Altenburg und hofften, von der deutschen Seite aus den Rheinfall zu sehen. Leider, leider! Eine aufsteigende Wasserwolke verriet uns lediglich, wo er sein könnte.

ca. 31 km

Sonntag, den 18.7.1954

Der Tag begann mit Regen. Was wollen wir bei solch schlechtem Wetter in der Schweiz!

Schade, so ein Reinfall am Rheinfall, sagten wir uns. Benno und ich besuchten die Kirche, wie schon am Sonntag zuvor. Dieter wird sich im Stillen fragen, weshalb wir das so regelmäßig tun, warum wir den Glauben unserer Eltern so lebendig bewahrt haben. Das Kriegsende und die Jahre danach hatten unsere glückliche Kindheit zerstört, uns aus der Heimat vertrieben und alles weggenommen. Was ist uns geblieben? Nur unser Glaube als Trost und Lebenshilfe.

Wir lernten nach dem Gottesdienst Frau Altenburger kennen, eine Frau Mitte dreißig. Sie lud uns zum Mittagessen ein. Wir trafen bei ihr Heidi Stucki, eine Bekannte aus Basel. Ein paar Jahre älter als wir. Sie arbeitet in einem Heim für Behinderte. Sie war sehr freundlich zu uns und schenkte uns drei Tafeln Schweizer Schoko. Abends kam der Mann von Frau Altenburger nach Hause, abgekämpft von der Arbeit. Als er uns sah, blieb er mitten im Wohnzimmer wie erstarrt mit großen Augen stehen. Sein fragender Gesichtsausdruck verriet: Was suchen die zwei jungen Kerle bei meiner Frau? Gemeint waren Alfred und ich. Benno und Dieter waren bereits im Zelt. Als Frau Altenburger aus der Küche dazu kam und die Situation ihrem Mann erklärt hatte, ließen wir den Tag gemeinsam bei entspannter Unterhaltung ausklingen.

Rheinfall von Schaffhausen und Küsnacht

Montag, den 19.7.1954

Bei gutem Wetter passierten wir bereits um sechs Uhr früh bei Schaffhausen die Schweizer Grenze. Mit dem Passierschein gab es keinerlei Probleme. Er wurde ohne weiteres anerkannt. Nun standen wir vor dem Rheinfall. Die Wassermassen des Rheins stürzen in einer Breite von 150 Meter über die zum Teil zerklüftete Felswand 20 Meter in die Tiefe, erzeugen dabei ein tief donnerndes, stellenweise auch klatschendes Getöse. Die feinen Wassertropfen steigen als Nebel in die Höhe und kommen danach als Regen in den Rhein zurück. In flotter Fahrt ging es nach dem erzwungenen Ruhetag über Winterthur nach Küsnacht zu Alfreds Tante. Er wagte nicht, sie zu Viert zu überfallen. Das sahen wir alle ohne weiteres ein. Nur dass er mich wiederum als Begleiter auswählte, war mir mehr als peinlich. Wir kannten uns natürlich auch am besten. Wir machten mit Benno und Dieter einen Treffpunkt und eine Zeit an der Straße nach Rapperswil aus. Das Haus der Tante lag oberhalb vom Zürichsee auf einem schönen parkähnlichen Grundstück in bevorzugter Lage. Alfreds Tante hatte gerade Besuch aus der DDR. Von ihm erfuhren wir, dass er länger bleibt als drei Tage.

„Wie habt ihr das gemacht?", wollten wir interessiert wissen.

„Wir haben im Westen beim Landratsamt einen westdeutschen Reisepass beantragt und auch erhalten. Den müssen wir allerdings wieder dort abgeben, bevor wir nach Hause fahren."

„Das ist ja großartig," jubelten wir und bedankten uns für den wertvollen Tipp.

Die Tante hat uns fürstlich bewirtet, gab uns sogar noch Krapfen auf die Fahrt mit. Wahrscheinlich deshalb, weil sie unseren mordsmäßigen Hunger bemerkt hatte. Obwohl wir unangemeldet bei ihr auftauchten, war sie eine hervorragende Gastgeberin, eine Person aus dem gehobenen Bürgertum. Mit aufrichtigem Dank verabschiedeten wir uns von ihr.

Als wir etwas später am vereinbarten Treffpunkt ankamen, trafen wir Benno und Dieter nicht an. Wo mögen sie bloß sein, fragten wir uns. Kurz darauf schauten Beide aus dem oberen Fenster eines Wohnblockes herunter und riefen:
„Wir kommen gleich."
Wenige Minuten später waren wir wieder beisammen. Uns fiel ein Stein vom Herzen.
„Eine Flüchtlingsfrau hatte Mitleid mit uns, als sie uns unten stehen sah mit einer mager geschmierten Schnitte in der Hand. Da lud sie uns zum Mittagessen ein," berichtete uns Dieter. Beide machten einen glücklichen Eindruck, ein warmes Mittagessen bekommen zu haben.

Gestärkt setzten wir unsere Fahrt über Rapperswil und Schwyz am Vierwaldstätter See fort. Bei einem steilen Stück mussten wir absteigen. Das Wetter - besser als in Deutschland: Der Himmel teilweise aufgelockert. Die hohen Berge versteckten sich hinter einem milchig grauen Schleier aus Dunst und Wolken. Ein kurzer Regenschauer durfte nicht fehlen, Bennos Panne auch nicht. Auf einer Wiese bei Altdorf in Richtung Sankt Gotthard bauten wir unser Zelt auf. Wir freuten uns natürlich, dass auch in der Schweiz wie in Deutschland das wilde Zelten noch erlaubt war.

ca. 143 km

Sankt Gotthardpass und Tessin

Dienstag, den 20.7.1954

Der Himmel beginnt, sich endlich vom Süden her aufzulockern. Wir starteten erst gegen zehn, weil an Dieters alten Fahrrad noch einige Schwachstellen behoben werden mussten. Die gut ausgebaute Straße im Reußtal führt zum Sankt Gotthardpass hoch, ist jedoch so steil, dass wir fast ausschließlich geschoben haben. Die Landschaft ist unbeschreiblich schön. Zu beiden Seiten steil aufragende Berge. Die Häuser – wahre Schmuckstücke! Bäche mit glasklarem Wasser stürzen brausend zu Tal. Keiner von uns stöhnte wegen des langen, Kräfte zehrenden Anstiegs. Die grandiose Bergwelt und die Gewissheit, auf der anderen Seite gehe es im Teufelstempo dem mediterranen Tessin entgegen, gaben uns die nötige Energie. In dieser Situation fiel uns die dazu passende Strophe aus dem Radellied ein:

> *Bergauf, da geht es schwer,*
> *doch wart nur hinterher,*
> *zu Tal wir fliegen pfeil geschwind.*
> *I: Die Sonne soll uns scheinen*
> *und die Haut uns bräunen,*
> *treiben soll wie Segel uns der Wind. :I*

Gegen ein Uhr erreichten wir endlich Göschenen in etwa 1100 Meter Höhe. Hier hatten wir zu entscheiden: Benutzen wir den Zug durch den Sankt Gotthard-Tunnel für 2,80 DM oder schieben wir unsere Räder noch mal tausend Meter höher über den Pass? Für uns war das ein Haufen Geld, die Moneten für nahezu drei Tagesrationen! Andererseits ist unser Zeitkorsett von drei Tagen einzuhalten. Das Ergebnis unserer Überlegung: Wir benutzen die Tunnelbahn. Nach wenigen Minuten begrüßte uns auf der anderen Seite Airolo mit italienischem Wetter: Tiefblauer Himmel mit wenigen leichten, weißen Federwolken. Er strahlte unendliche Heiterkeit aus. Die Sonne

46

versetzte uns nach so viel Regen in bislang nicht gekannte Hochstimmung. Wir ließen unsere Räder bei starkem Gefälle Biasca entgegen rollen. Durch unsere hohe Geschwindigkeit schlichen die Autos relativ langsam an uns vorbei. Aus einem offenen Autofenster winkte uns ein hübsches Mädchen recht lange zu, so, als ob sie lieber mit uns gefahren wäre als mit ihren Eltern.

Das Tessiner Tal öffnet sich und mündet bald in ein breiteres Tal bei Bellinzona. Weiß getünchte Häuser mit flachen Dächern beherrschen das Stadtbild. Wir kamen unserem heutigen Ziel, dem Luganer See näher. Zuvor hatten wir allerdings noch einen Bergrücken, den kleinen Pass Monte Ceneri zu überwinden, keine sechshundert Meter hoch. Er trennt das Nord- vom Südtessin. Kaum hatten wir die Passhöhe bewältigt, entstand eine nicht schnell enden wollende Debatte darüber, wo wir heute zelten. Natürlich wollten wir alle noch den Luganer See erleben und an seinem Ufer unser selbst genähtes, sehr primitives Hauszelt aufschlagen. Es ist von der Größe her ein bequemes Zweimannzelt. Wenn wir zu Viert drin sind, können keineswegs alle auf dem Rücken liegen. So schmal ist die Liegefläche. Es hatte allerdings bereits einen Zeltboden, was damals nicht Standard war. Der Zeltboden besteht aus einem sackartigen Gewebe, das nicht wasserdicht ist.

Alfred und Dieter tauschten die meisten Argumente untereinander aus, wo wir heute schlafen werden. Endlich setzte sich Alfreds Meinung durch:

„Wir werden am See kaum ein Plätzchen zum Wildzelten finden. Und wer von den millionenschweren Villenbesitzern lässt schon zu, unser primitives Hauszelt auf seinem Grund aufzubauen! Dieter, bist du nicht auch meiner Meinung?"

Enttäuscht fügte sich Dieter der Mehrheit. Auf der Passhöhe suchten wir uns links von der Straße im aufgelockerten Wald ein schönes Plätzchen, sammelten Gras, Farn und Laub für unser Zelt, um den relativ harten, unebenen Untergrund etwas abzupolstern. Auf unserem Benzinkocher bereiteten wir unsere

Mehlsuppe zu. Diesmal ohne Milch, weil weit und breit kein Bauer zu finden war.

ca. 138 km

Lugano und Locarno

Die Nacht war angenehm, weder feucht noch kalt. Wir genossen das schöne mediterrane Wetter. Als ich mich näher anschaute, entdeckte ich eine Zecke im Schrittbereich. Sie hatte sich bereits mit meinem Blut kugelrund vollgesaugt. Mit großer Mühe bekam ich sie los. Gott sei Dank hat sich ihre Bissstelle nicht entzündet! Gegen neun saßen wir bereits auf den Rädern. Nach einer kurzen, angenehmen Abwärtsfahrt lag uns der Luganer See zu Füßen. Wir waren begeistert von der zauberhaft schönen Landschaft. Der See wird von Bergen umrahmt, im Osten vom Monte Bre´, im Norden vom Monte Ceneri und im Südwesten vom anmutigen Monte San Salvadore, dem Hausberg von Lugano. Unmittelbar nach Süden hin öffnet sich die Bergwelt des Sees.

Die Stadt machte einen sauberen, gepflegten Eindruck auf uns. Die villenartigen Häuser waren großzügig eingebettet in die parkähnliche Ufer- und Hanglandschaft. Alles wirkte auf uns sehr neu und sauber. Wir passten absolut nicht zu dem gepflegten Stadtbild. An der Uferstraße angekommen hielten wir uns rechts, um schnell an den unbebauten Teil des Sees zu kommen. Wie recht hatte Alfred: Hier hätten wir nie zelten können. Ach wie ist es doch gut, wenigstens ein Bürgersöhnchen mit dabei zu haben. Alfred hat uns so manche Blamage erspart, mussten wir im Stillen zugeben.

Nach wenigen hundert Metern fanden wir ein kleines, unbebautes Gelände zwischen Straße und See, das zur Rast einlud und ein Baden im See zuließ. Wir hatten es nötig, endlich unseren Schmutz und Schweiß dem See zu übergeben. In unserem euphorischen Zustand glaubten wir sogar, über den See schwimmen zu können. Wir wollten einfach nicht wahrhaben, wie ausgemergelt unsere Körper waren: Unterernährt, ohne jegliche Fettpölsterchen. Nach einigen hundert Metern spürten wir bereits das kalte Wasser unter den Rippen. Am realistischsten handelte wiederum Alfred. Er schwamm lediglich einen kleinen Bogen und stieg aus dem Wasser. Ich sah es als Letzter ein. Mit Mühe und Not erreichte ich das Ufer, vor lauter Erschöpfung und Unterkühlung am ganzen Körper zitternd. Es dauerte recht lange, bis die kräftige Sonne des Südens meinen Körper erwärmte und das Muskelzucken beendete.

Nach und nach spürte ich in meinem Körper ein wohliges Gefühl. Der Blick auf den ruhigen See, eingerahmt von den gegenüber liegenden Bergen, zur Linken die saubere Stadt mit den schmucken Villen am Hang hoch, rechts die offene Sicht gen Süden. Ein euphorisches Glücksgefühl überkam mich. Ohne den Tipp von Alfreds Tante in Freiburg, ohne meine Freunde säße ich nicht hier, könnte ich das traumhaft schöne Plätzchen nicht wahrnehmen, die sich tausendfach widerspiegelnde Sonne auf dem See nicht in mich aufsaugen, hier nicht inne halten. Ich fühlte, meine Sehnsucht nach Ferne erhielt hier Raum und Nahrung, ließ mich den Verlust meiner Kinderheimat merklich leichter ertragen. Sie ist mehr als Neugierde und Reiselust. Mir wurde bewusst, was der mehr als hundert Jahre währende Schweizer Friede alles werden ließ. Was haben dagegen die zwei Weltkriege in Deutschland nicht alles zerstört!

Alfred tauchte auf und befreite mich aus meiner Nachdenklichkeit:
„Wenn du dich erholt hast, schlage ich vor, in die Stadt zu gehen. Frisch gebadet können wir uns sehen lassen."
„Kommen Benno und Dieter mit?", fragte ich vorsichtig.
„Die bleiben hier. Da können wir alles da lassen und brauchen nichts zusammenpacken."
Wir beide machten uns zu Fuß auf den Weg, das Leben in der Stadt kennen zu lernen. Bei dem Rundgang wurde uns klar, wie bescheiden unsere Lage ist. Dennoch waren wir froh und beglückt, hier sein zu dürfen. Aus unserer deutschen Alpenfahrt ist eine nicht geplante, nie erwartete Fahrradtour ins Tessin geworden. Nach dem Schwimmen meldete sich mein leerer Magen. Wir kamen an einem Bäckerladen vorüber. Der

Geruch der frisch gebackenen Brote ließ meinen tierischen Hunger unerträglich werden. Als wir so weiter im Schlenderschritt durch die Stadt gingen, entdeckte ich einen reifen Pfirsich im Rinnstein unweit einer Gosse. Wahrscheinlich hatte ihn eine Luganer Millionärin beim Einkaufen verloren und es nicht nötig gehabt, ihn aufzuheben. Der Anblick des sonnengereiften Pfirsichs und mein übergroßer Hunger schalteten mein Großhirn aus. Ich stürzte mich auf den Pfirsich, befreite ihn mit meinen zwei Handtellern notdürftig vom Straßenstaub und aß ihn genussvoll auf. Meine Gier auf den Pfirsich machte mich so unvorsichtig, dass Alfred jede Phase meiner Handlung mitbekam. Er war entsetzt und hatte wenig Verständnis für mein unhygienisches Handeln. Als Alfred Monate später die Urlaubsbilder von Lugano seinen Geburtstagsgästen präsentierte, schilderte er mein Gelüst auf den Pfirsich aus der Gosse als gelungene, humorvolle Einlage.

Zurückgekehrt an den Rastplatz freuten sich Benno und Dieter, dass wir sie ablösten. Ich schrieb nach Hause und auch möglichst unauffällig an Rosemarie. Alfred sollte nicht sehen, dass ich ihr schon wieder schreibe. Weshalb muss ich ihm auch zeigen, dass ich sie mehr verehre als er ahnt? Sie ging mit uns in die gleiche Oberschule, allerdings zwei Klassen tiefer. Ich lernte sie kennen, als sie sich für den außerschulischen Sport interessierte.
Abends gegen sechs verließen wir unser geliebtes Lugano und zelteten wiederum auf dem Monte Ceneri am gleichen Platz wie gestern. Der Speisezettel verrät wie üblich Mehlsuppe und Margarinebrote mit etwas Käse und Wurst. Der Reiseproviant von Badenweiler, die Schweizer Schoko von Altenburg und die Krapfen von Küsnacht hatten wir gemeinsam längst vertilgt.

ca. 37 km

Donnerstag, den 22.7.1954
Wir hatten bereits drei Nächte in der Schweiz verbracht. Unser offizieller Aufenthalt war abgelaufen. Wir überlegten uns

Entschuldigungen für das Überziehen: Schlechtes Wetter, Fahrradpannen. Uns war bald bewusst, auch am vierten Tag werden wir es nicht schaffen, die Schweiz zu verlassen. Benno musste seinen Schlauch dreimal flicken. Keiner erkannte die Ursache. Wir waren uns einig, so viel wie möglich von der Schweiz kennen zu lernen. Das heißt, auf keinen Fall so zurück zu fahren, wie wir gekommen sind. Wir entschieden, über den Sankt Bernadino-Pass nach Chur und am Bodensee entlang bis kurz vor Konstanz zu radeln und erst hier die Grenze zu passieren. Als wir den Monte Ceneri runter fuhren und am Fuße des Berges ankamen, entdeckte Dieter einen Wegweiser nach Locarno.

„Locarno, das ist ein bekannter Ort. Der ist sogar in der Geschichtsstunde erwähnt worden," erinnerte sich Dieter.

„ Das stimmt. Im Locarnovertrag ist doch Deutschland dem Völkerbund beigetreten.," ergänzte der geschichtsinteressierte Alfred.

„Das ist doch die entgegengesetzte Richtung," erklärte Benno.

„Die paar Kilometer, auf die kommt es auch nicht mehr an. Wir haben sowieso überzogen," schlussfolgerte Dieter im versöhnlichen Ton.

„Die Diplomaten haben jeweils an reizvollen Orten verhandelt. Da fahren wir hin."

Auch Alfred war Dieters Meinung. Nach nur wenigen Kilometern erreichten wir Locarno am Lago Maggiore, ohne einen Pass überwinden zu müssen. Der langgezogene Gletschersee reicht mit seinen über 60 Kilometern weit nach Italien hinein und ist besonders im nördlichen Teil von Alpenketten umsäumt. Durch die weite Öffnung nach Süden ist das Klima im Norden des Sees recht mild. Die reizvolle Landschaft und die mediterrane Temperatur haben eine Vielzahl von Kurorten entstehen lassen wie Locarno und Ascona.

Wir sahen keinen größeren Aufenthalt vor, sondern wollten lediglich einen weiteren traumhaft reizvollen Eindruck von der Tessiner Landschaft mit nach Hause nehmen. Ein erfrischendes Bad im See gehört dazu, sagten wir uns. Wir hatten auch hier Mühe, einen geeigneten Badeplatz zu finden. In Richtung

Ascona in der Nähe eines Campingplatzes bot sich ein freies Ufer an. Obwohl die Zeit drängte, schrieb ich auch hier an Rosemarie wie versprochen einen kurzen Gruß. Bei großer Mittagshitze fuhren wir das Tal gen Osten über Bellinzona in Richtung Sankt Bernardino-Pass bis Soazza, drei Kilometer vor Mesocco. Hier erwischte uns ein starkes Gewitter. Zwei freundliche Mädchen aus Zürich vermittelten uns ein Nachtlager in einer Garage. Wir dankten ihnen, nicht bei Regenwetter unser Zelt aufbauen zu müssen.

ca. 65 km

Das Sensationsfoto

Heute hatten wir uns viel vorgenommen. Deshalb saßen wir bereits frühmorgens um sechs im Sattel und trafen gegen zehn Uhr in San Bernadino ein, einem Ort 1644 Meter über Meeresspiegel. Von hier aus schlängelte sich die Passstraße unendlich lange serpentinenartig dem San Bernadino-Pass entgegen. Der obere Teil der Straße ohne Teerdecke! Zu unserer Rechten begleitete uns eine sehr steile, waldfreie Bergkette, die die Schweiz von Italien trennt. Etwa zur Mittagszeit hatten wir erschöpft die Passhöhe von 2065 Meter erreicht. Bis wir oben waren, mussten wir unsere Räder viele Kilometer schieben. Auf der Passhöhe blühten Alpenrosen zwischen Schneeresten, wuchsen Moose und andere niedrige Pflanzen auf kargem, steinigem Boden. Wir alle waren bisher noch nie mit Rädern in so großer Höhe gewesen. Das zu erleben, entschädigte unsere enorme Anstrengung. Ringsum ragten noch weitere Berge in den fast wolkenfreien Himmel hinein. Obwohl die Sommersonne zur Mittagszeit kräftig schien, umgab uns ein angenehm kühles Lüftchen.

Wir genossen die gesunde Höhenluft und ruhten uns in Wind geschnützten Kuhlen auf weichen Moosflächen aus. Ausgerechnet jetzt vernahm ich in der baumlosen Gegend einen Druck im Mastdarm und entfernte mich von meinen Freunden, um allein zu sein. Eigenartigerweise verfolgte mich Alfred im gebührenden Abstand.

„Alfred, was willst du mit deinem Fotoapparat in meiner Nähe?", fragte ich ihn misstrauisch.

„Ich möchte paar Aufnahmen vom Bergpanorama machen," gab er verlegen zur Antwort.

Ich konnte mein Vorhaben nicht länger hinauszögern, nutzte dafür eine tiefere Mulde, zog meine Hosen runter und wartete dem erlösenden Vorgang entgegen. Gott sei Dank traute ich dem Frieden nicht und drehte mich hockend Alfred zu. Er schwenkte blitzschnell die Kamera zu mir. Ich versuchte, mich aufzurichten und kam gerade noch dazu, meine Hose blitzschnell bis zum Oberschenkel hochzuziehen. Da war es passiert: Der Schnappschuss zeigt mich mit bloßem Hintern und mit bösem Gesicht in die Kamera schauend. Mein Versuch, Alfreds Vorhaben zu verhindern, machte das Sensationsfoto perfekt: Es zeigt unzweideutig, wessen Arsch aufgenommen wurde. Diese Aufnahme präsentierte Alfred Monate später den Gästen auf seiner Geburtstagsfeier als eine einmalige, unterhaltsame Besonderheit des Abends. So ganz recht war es mir bei meiner prüden Erziehung keineswegs, zumal ebenfalls Mädchen geladen waren, unter anderen auch Rosemarie.

Nun aber wieder zurück zur Radtour! Die Zeit drängte. Wir mussten weiter. Schließlich hatten wir als Ostdeutsche Respekt von der Grenzkontrolle und wollten unseren Schweizer Aufenthalt nicht über Gebühr verlängern. Es ging auf kurvenreicher Strecke mit zum Teil starkem Gefälle im hinteren Rheintal Chur entgegen. Nicht immer konnten wir die mit viel Schweiß erarbeitete Energie der Höhenlage in Geschwindigkeitsenergie umwandeln sondern hatten in Kurven stark abzubremsen. Am liebsten wäre uns gewesen, wenn uns die Höhendifferenz von fast 1500 Meter ohne zu treten bis Chur geschoben hätte. Erst der untere Teil des Tales erlaubte, die Räder rollen zu lassen und uns an der Geschwindigkeit zu berauschen.

Wo sind meine Freunde?

Jetzt ging es zur Freude aller sogar durch einen kurzen Straßentunnel. Plötzlich sah ich nichts mehr. Im noch nicht mit Beton ausgekleidetem Tunnel tropfte milchtrübes Wasser auf die unbefestigte Straße. Mein Vorderrad schleuderte das kalkige Wasser auf meinen ganzen Körper bis hoch ins Gesicht. Ich hatte Glück im Unglück: Am Ausgang des Tunnels auf der linken Seite plätscherte Quellwasser in einen Trog. Eine willkommene Gelegenheit, mich und meine Kleidung zu reinigen.

„Ich muss mich gründlich waschen. Fahrt schon mal weiter," bat ich meine Freunde.

„Falls ich euch bis Chur nicht eingeholt habe, so wartet auf mich im Zentrum," rief ich ihnen hinterher.

Nach etwa zehn, höchstens fünfzehn Minuten hatte ich den Kalk vom Körper und der Kleidung mehr schlecht als recht abgewaschen und trat bei leichtem Gefälle kräftig in die Pedale. Der Wegweiser verriet siebzehn Kilometer bis Chur. Zwischen Reichenau und Chur sah ich auf der Straßengeraden im großen Abstand Radfahrer. Es dauerte recht lange, bis ich sie einholte. Leider nicht meine Freunde! In mir kamen Zweifel auf. Normalerweise fahren Benno und Dieter nicht so schnell mit ihren schweren Rädern. Oder hat mein Waschen länger gedauert? Fahre ich nicht schnell genug wegen des Gegenwindes? Nein, der Gegenwind bremst auch ihre Räder. Endlich kam mir der erleuchtende Gedanke: Alfred macht Tempo mit seinem neuen Sportrad vom Opa aus Hamburg. Benno und Dieter im Windschatten hinterher! Sie wollen mir beweisen, wie schnell sie sein können, sagte ich mir.

Ich gönnte mir keine Pause, fuhr unentwegt weiter, obwohl ich total erschöpft war. Meine Enttäuschung war groß, als ich sie in Chur nicht antraf. In der Stadt können wir uns schnell verfehlen, dachte ich mir. Keiner von uns kann garantieren, dass wir die gleiche Durchfahrroute wählen. Ich beschloss, am Ende der Stadt an der Ausfallstraße nach Landquart zu warten.

Inzwischen verriet die Uhr halbvier. Mich quälte ein Riesenhunger. Ich aß wie üblich Margarinebrote, trank aus der Feldflasche Wasser und aß ein paar unreife Falläpfel vom Straßenrand. Dabei fiel mir die passende Strophe vom Radellied ein. Ich summte die Melodie vor mich hin:

Die Bäume an der Seit,
die geben uns Geleit
und fassen manchmal uns beim Schopf.
I: Da fassen wir sie wieder,
sie sind ja unsre Brüder,
fällt auch mal ein Apfel in den Topf. :I

Das Wasser schmeckte köstlich, kühles Quellwasser von meiner Waschstelle. Die Filzummantelung hielt die Sonnenwärme fern. Nach einer Stunde wurde ich unruhig. Mir wurde bewusst, wir müssen uns verfehlt haben. Also beschloss ich, so weit wie möglich zu fahren, einmal wegen des begrenzten Aufenthaltes und zum anderen hatte ich kaum noch Schweizer Franken. Mit dem deutschen Geld wollte ich haushalten.

Ich fuhr mit hohem Tempo über Landquart, Sargans, Buchs bis Lienz etwa noch sechzig Kilometer. Immer am jungfräulichen Rhein entlang. Was tun? Hunger und kein Benzinkocher, müde und kein Zelt. Wir hatten das allgemeine Gepäck aufgeteilt. Ich transportierte die zwei Mehl- und Zuckersäckchen, die anderen das Zelt, den Kocher und den Kochtopf. Mein tierischer Hunger schob alle Hemmungen beiseite. Ich beschloss zu betteln, möglichst ohne Zuschauer. Deshalb bettelte ich nie in geschlossenen Ortschaften, ging also nicht von Haus zu Haus, sondern fragte am liebsten in einzeln gelegenen Bauernhöfen nach etwas Essbarem oder in Gehöften am Ende des Dorfes. Diesmal besaß ich eine gute Erklärung, nach einem Schlafplätzchen in der Scheune und einem Stück Brot zu fragen. Ich erzählte von meinem Pech, meine Freunde mit dem Zelt und dem Benzinkocher verloren zu haben. Ich wählte den letzten Bauernhof rechts an der Straße zum Bodensee. Das

Bauernhaus stand nicht unmittelbar an der Straße sondern war zwanzig bis dreißig Meter zurückgesetzt und im wesentlichen aus Holz gebaut.

„Darf ich bei ihnen in der Scheune für eine Nacht schlafen?", fragte ich den herbei gerufenen Bauern nach entsprechender Einleitung.

Ohne Umschleife wies er mich ab mit der Begründung:

„Nach dem Krieg ist eine Scheune niedergebrannt. Nicht weit weg. Soldaten, die heimkehrten, haben beim Übernachten geraucht."

„Ich bin Nichtraucher," versicherte ich spontan.

Umsonst, er blieb bei seinem Nein.

Gott sei Dank war die Kontaktbrücke hergestellt, dieses Mal ohne Bauerntochter.

„Könnte ich bitte was zu essen haben," fragte ich ihn etwas unsicher.

Er nickte mir zu, ging zur Frau in die Küche, besprach die Situation mit ihr und kam alsbald zurück. Er bot mir einen Sitzplatz am Esstisch an, setzte sich selbst nicht zu mir sondern mit auffallendem Abstand auf die Bank an der Küchenwand. Von dort verlor er mich nicht aus dem Auge. Er unterhielt sich etwas mit mir über das Woher und Wohin. Zu einem anderweitig interessanten Gespräch kam es nicht. Andernfalls könnte ich mich daran erinnern. Alsbald kam das Essen. Es war Abendbrotzeit. Leider weiß ich nicht mehr im Detail, was es gab. Es war warmes Essen und hat ausgesprochen gut geschmeckt. Der Bauer schaute mich unaufhörlich schweigend an, so, als ob er der ganzen Situation nicht so recht traute. Ich hingegen konzentrierte mich auf das Essen und war lediglich darauf bedacht, so viel wie möglich auf Vorrat zu essen. Falls ein Mensch so ausgehungert ist wie ich, verdrängt er jegliche Anstandsregeln. Als der Teller leer war, fragte er mich:

„Noch etwas?"

Ich nickte. Die zweite Portion fiel genau so groß aus wie die erste. Ich merkte, der Magen füllte sich. Ich aß dennoch weiter. Ich erinnerte mich an unseren Biologielehrer Bubi, der uns mal beigebracht hatte, der Magen bestünde aus glatter Muskulatur wie die Gebärmutter und diese Muskelart sei sehr dehnbar. Mit dieser Gewissheit aß ich ebenfalls den zweiten Teller leer. Der Bauer brachte ihn in die Küche und kam mit einer großen Tasse warmer Milch und einem ordentlichen Stück Kuchen zurück.

Was war geschehen? Hatte ich so viel Mitleid erregt?

„Möchten sie Beides haben?", fragte mich der Bauer etwas unsicher.

Ich machte keinen abweisenden Gesichtsausdruck. Ich wusste damals nicht, dass so ein Nachtisch im südlichen deutschen Sprachraum üblich ist. Als ich den Kuchen gegessen und die Milch getrunken hatte, blieben die Folgen nicht aus. Ich bekam furchtbare Dehnungsschmerzen im Magenbereich. Mir schien, die Milch hätte den Kuchen um ein Vielfaches vergrößert. Der Magen drückte nach allen Seiten. Ein Brechreiz stellte sich jedoch nicht ein. Der ausgezehrte Körper verlangte den Kaloriennachschub. Endlich bahnte sich die Lösung an. Ich bat um eine Toilette. Bereitwillig zeigte mir der Bauer sein stilles Örtchen. Gott sei Dank war es nicht so weit entfernt. Nur über den Eingangsflur im gleichen Haus! Als ich versuchte, vom Tisch aufzustehen, bemerkte ich, dass ich mich vor lauter Leibschmerzen nicht mehr aufrichten konnte. Ich schlich in gekrümmter Haltung zur Toilette, ohne dass mich der Bauer aus dem Auge verlor. Ich schämte mich fürchterlich.

Nach der Entleerung fühlte ich mich erleichtert. Ich fragte den Bauern nochmals verunsichert und kleinlaut:

„Darf ich vielleicht in ihrer Scheune schlafen?"

Er brachte kein Wort über seine Lippen. Voller Mitgefühl schüttelte er leicht sein Kopf. Er blieb bei seiner Ablehnung. Ich bedankte mich für die so gute und reichliche Beköstigung und versuchte, mich auf das Fahrrad zu schwingen. Der Magen drückte wiederum recht heftig. Die Spannung ließ erst nach, als ich meinen gebogenen Rennlenker am untersten Ende anfasste und beim Aufsteigen einen krummen Rücken machte.

Inzwischen war es dämmerig geworden. Ich fuhr mit dem Völlegefühl im Magen extrem langsam, schaute nach rechts und links in der Absicht, eine geeignete Schlafgelegenheit in

Straßennähe zu finden. Nach einigen Minuten quälender Fahrt entschied ich, unter freiem Himmel links neben der Straße zu schlafen. Als Nachtquartier wählte ich eine kleine Wiese, bogenartig von Wald umsäumt. Ich entschloss mich für einen Schlafplatz am Ende der Wiese, unmittelbar an einem mit Buschwerk bewachsenem kleinen Hang. Von der Straße keine zwanzig, dreißig Schritte entfernt. Ich hoffte, dass mich der Bauer an dieser Stelle nicht übersieht, falls er Morgen früh die Wiese mähen sollte.

Ich stellte meinen Tretesel unter die Büsche, zog mir die dicken Schlafsocken und den alten Trainingsanzug an, wickelte mich in die einzige Decke, die ich mit hatte und versuchte zu schlafen. Den Rucksack benutzte ich wie üblich als Kopfkissen. Gegen ein paar Regentropfen schützte ich mich mit einer Folie. Am lästigsten waren die Mücken in der milden Julinacht. Sie fanden noch lange sicheren Instinktes ein Schlupfloch unter der Folie zu meinem kostbaren Blut. Ich ließ den anstrengenden Tag in Gedanken an mir vorüber ziehen. Mein voller Magen erinnerte mich an den gastfreundlichen Bauern. Er hat sicherlich innerlich gegen so manch gemischt kritisches Gefühl angekämpft und mir dennoch Vertrauen geschenkt. Mit dieser Rückschau bin ich nicht sofort, aber doch irgendwann erschöpft unter freiem Himmel eingeschlafen.

ca. 143 km

Wiedersehen bei den Wolgadeutschen

Ich hatte auf der Wiese recht gut geschlafen und radelte bereits vor acht in Richtung Bodensee. Die Fahrt ging über Rorschach nach Konstanz. Ich benötigte für die 75 Kilometer etwa viereinhalb Stunden im fast ebenen Gelände. Der Schweizer Zoll registrierte zwar die Überschreitung der Aufenthaltsdauer, machte mir jedoch keinerlei Schwierigkeiten. Mein Ziel war Alex Veit in Krumbach; denn dort erwartete ich Lebensmittelpakete von meinen Eltern aus Leipzig. Das wussten meine Freunde, wodurch Krumbach die Chance bot, mich mit ihnen zu treffen. Ich hielt mich in Konstanz kaum auf und machte mich auf den Weg in Richtung Sigmaringen. Das Wetter war seit Tessin sonnig, leicht bewölkt. Nach Stockach befahl mir mein Magen, an einer Kirschplantage zu halten. Die reifen Kirschen bekamen mir vorzüglich. Ich hatte das Gefühl, Zeit zu haben. Es reiche, wenn ich zum späten Nachmittag bei meinen wolgadeutschen Freunden ankomme, sagte ich mir.

Nach etwa einer Stunde Pause fuhr ich sichtlich erholt weiter und kam gegen vier Uhr in Krumbach an. Meine Schulfreunde hatten sich bislang nicht blicken lassen. War mit ihnen etwas passiert? Suchten sie mich etwa noch in der Schweiz? Oder verzögerte sich ihre Ankunft, weil sie irgendwo zu lange auf mich gewartet hatten? Mich tröstete Post von zu Hause und von Rosemarie. Am wichtigsten war mir anscheinend das Fresspaket von Daheim. Ansonsten hätte ich den Inhalt nicht so präzis im Tagebuch festgehalten: Drei Brote, Zucker, 250 gr. Margarine, Käse – leider verdorben und Fischkonserven. Die Lebensmittel gaben mir die Gewissheit, die Alpenfahrt fortsetzen zu können.

Nach dem Abendbrot saß ich mit Alex, seiner Mutter und seinen Geschwistern gemütlich im Wohnzimmer. Plötzlich kam ein Kind herein gerannt und rief:

„Draußen sitzen welche vorm Haus."

Ich fühlte mich nicht angesprochen.

„Auf der Steinstufe und sagen kein Wort," ergänzte das Kind.

Es war acht Uhr abends. Weshalb kommen sie nicht rein, wenn es meine Schulkameraden sind, dachte ich mir. Sie blieben erschöpft draußen sitzen, weil sie annahmen, ich sei noch nicht da. Und außerdem ist Familie Veit mit mir befreundet und nicht mit ihnen. Ich habe die Wolgadeutschen 1947 in Leipzig kennen gelernt. Alex, mein Bruder Werner und ich waren in der gleichen katholischen Jugendgruppe. Da haben wir uns sehr gut kennen gelernt.

Nach einer Verschnaufpause kamen sie rein. Wir ergründeten in einer nicht enden wollenden Diskussion, weshalb wir uns in Chur verfehlt hatten.

„Wir haben zwei Stunden auf dem Marktplatz in Chur auf dich gewartet," berichteten sie enttäuscht.

„Weshalb so irre lange?"

„Wir dachten, du hättest Panne," entgegneten sie logischerweise.

„Ich war schon um halb vier in Chur und fand euch nicht. Da habe ich hinter Chur an der Straße nach Landquart über eine Stunde gewartet."

„Weshalb hinter Chur und nicht im Zentrum?", fragten sie frustriert.

„Ich dachte, in der Stadt können wir uns leicht verfehlen," begründete ich meine Entscheidung.

Es dauerte lange, bis wir heraus fanden, weshalb wir uns verfehlt hatten. Zwischen Reichenau und Chur kauften Alfred, Benno und Dieter in einer Bäckerei etwas zu essen. Das Geschäft lag auf der linken Seite der Straße, etwas zurückgesetzt. Keiner ließ sein Rad direkt am Straßenrand stehen. Sonst hätte ich die bepackten Drahtesel stehen sehen. Auf einmal fiel Alfred ein:

„Die Verkäuferin wollte kein deutsches Geld annehmen. Dadurch verzögerte sich der Einkauf. In dem Moment bist du wahrscheinlich wie ein Irrer vorbeigerauscht."

Trotz des unangenehmen Intermezzos waren wir froh, wieder alle zusammengefunden zu haben. Mit diesem positiven Gedanken schliefen wir in der uns bekannten Scheune bald ein.

ca. 141 km

Sonntag, den 25.7.1954

Benno und ich wollten als gute Katholiken Sonntag in die Kirche gehen. Wir wussten, Alex ist ein tief gläubiger Mensch. Er weiß sicherlich, wann hier am Ort Sonntagsgottesdienst ist.
„Schon um sieben ist hier heilige Messe. Wollt ihr so früh gehen?"
„Ja, schon. Ist es weit?", wollten wir wissen.
„Nein, hier im Ort."
Benno und ich waren uns einig, auch auf unserer Radeltour sonntags in die Kirche zu gehen, falls sich die Gelegenheit bietet. Und die beiden anderen Freunde? Alfred bekennt sich zum evangelischen Glauben, nahm an der Jungen Gemeinde teil. Jedoch ist es für die evangelischen Christen nicht üblich, jeden Sonntag am Abendmahl teilzunehmen. Dieter kommt aus einer nicht christlichen Familie, ist aber sehr interessiert, sich mit gläubigen Menschen zu unterhalten. Wir haben sehr oft miteinander gesprochen, Gedanken ausgetauscht, nach dem Sinn des Lebens gefragt und sich gegenseitig respektiert. Dieter hat einen stark ausgeprägten Sinn für Gerechtigkeit. Bei diesem Thema riet ich ihm vor Jahren:
„Am besten, du studierst Jura!"
„Das hatte ich ursprünglich vor."
Nach einer Denkpause erklärte er mir damals:
„Aber die Gesetze machen die Regierungen, nicht ich."
Wie recht hatte Dieter. Die Höhe des Stipendiums für die Studenten zum Beispiel richtet sich nicht nach dem Einkommen der Eltern sondern nach deren Herkunft. Kinder von Arbeitern und Bauern erhielten generell mehr Geld als Kinder von Angestellten, auch wenn deren Einkommen geringer ausfiel. – Das sollte genügen zur Vorstellung meiner Radelfreunde! Wir haben Ferien, wollten was sehen und erleben.

63

Die wolgadeutsche Familie Schwab lud uns zum Mittagessen ein. Es gab Salzkartoffel, Fleisch, Bratensoße und Pudding. Das war für unseren hungrigen Magen ein fürstliches Sonntagsessen. Deshalb habe ich das Menü in meinem kleinen Tagebuch so detailliert aufgeführt. Wir genossen den Ruhetag nach den sechs anstrengenden Tagen in der Schweiz. Die Kräfte zehrende Alpenüberquerung, die unzureichende Verpflegung, die Sorge, meine Freunde zu finden . . . Wir brachten unsere Räder auf Vordermann, putzten sie und knüpften Kontakte mit den Dorfbewohnern. Ich bot einem jungen Mann eine Flasche Schnaps zum Kauf an. Er gab mir vier Mark, nachdem ich ihm die Geldnot der Ostzonenbewohner vorgebetet hatte. Der Betrag erlaubt mir, die Notration für weitere vier Radeltage zu kaufen. Obwohl wir in der Scheune mehr Platz hatten als im Zelt, schlief ich nicht sofort ein. Ich dachte an Alfreds Tante in Küsnacht und erinnerte mich, dass sich ihr Besuch aus der DDR länger als drei Tage bei ihr aufhielt. Er hatte auf dem Landratsamt in Konstanz westdeutsche Reisepässe erhalten. Sollte ich die Möglichkeit nicht ebenfalls nutzen? Mit diesem Wunsch schlief ich ein.

Reisepass beantragen?

Am frühen Morgen fesselte mich meine Idee von gestern Abend immer noch so gewaltig, dass ich mich entschloss, ohne Gepäck nach Konstanz zu fahren, um einen Reisepass zu erhalten.

„ Wozu einen Reisepass? Einen Dreitagesschein erhalten wir doch auch für Österreich," war die einhellige Meinung meines Radelteams.

„Ich möchte nach Italien fahren. Dahin darf man nur mit einem Reisepass."

„Da fahre ich mit," sprudelte es spontan aus Dieters Mund.
Nach einer kurzen Pause besann sich Dieter:

„Aber mit meiner alten, schweren Karre. Der Wulstmantel am Hinterrad hat kein Profil. Eine besonders dünne Stelle habe ich mit einem Mantelabschnitt abgedeckt."

Dieter schaute in unsere verwunderten Gesichter. Alfred wollte sofort lospoltern und dem sensiblen Dieter vorwerfen:

„Mit so einem Schrottrad wagst du an der großen Alpenfahrt teilzunehmen!"

Alfred wollte Dieter nicht verletzen und schilderte höflich seine Beobachtungen:

„Dieter, daher läuft dein Rad so unruhig und hoppelt auf glatter Straße."

Benno und ich dachten das Gleiche, schwiegen allerdings dazu um des lieben Friedens Willen.

„Ich würde sehr gern mitfahren," versicherte Alfred, indem er vor lauter Begeisterung mit beiden Armen die Tretbewegung nachahmte.

„Schade, ich habe ja zu wenig Urlaub als Lehrling."

Ich konnte ihm nicht widersprechen. Der ruhige Benno hielt sich zurück und schwieg dazu. Nach einer Weile fragte ich ihn:
„Benno, hast du Lust mitzufahren?"

Sein nachdenkliches Gesicht verriet mir die Antwort:

„Weißt du, ich will ja nach unserer Tour noch meine

Verwandten besuchen."

„Benno, das kannst du trotzdem tun. Unsere Ferien sind noch lang."

Meiner Feststellung konnte er nicht widersprechen. Etwas zögerlich gab er den wahren Grund zu:

„Du kennst unsere Verhältnisse zu Hause. Da habe ich zu wenig Geld."

Wie recht hatte Benno: Vater und älteste Schwester vermisst. Mutter erhält Fürsorge für Benno und seine jüngere Schwester. Während des Krieges hatte sie fünf Kinder zu versorgen.

Keiner meiner Freunde fährt mit! Ich hielt inne und fragte mich: Will ich wirklich ganz allein nach Italien fahren? Ich habe zwar Zeit, aber mit so wenig Geld? Keine Landkarte von Italien! Ich kenne das Land lediglich von der Europakarte. Kein Wort italienisch! Bin ich dieser weiten Reise konditionell überhaupt gewachsen bei den südländisch sommerlichen Temperaturen? Kann ich mich auf mein Fahrrad verlassen? Es ist zwar leichter, besser als das von Benno und Dieter, aber kein Neues wie das von Alfred. Neu sind Vorder- und Hinterrad sowie die Felgenbremsen. Alles andere alt! Werde ich die zweimalige Alpenüberquerung ohne Gangschaltung schaffen?

Meine nahezu krankhafte Fernwehbesessenheit wischte jedes logische Gegenargument beiseite. Aller Bedenken zum Trotz erreichte ich gegen halb zwölf Konstanz, fragte mich eiligst zum Landratsamt durch und kam noch vor der Mittagspause dran, obwohl der Andrang groß war.

„ Zwei Passbilder benötigen wir," teilte mir die freundliche Dame hinterm Schalter mit.

Leider erhielt ich die zwei Fotos erst am späten Nachmittag. Als ich zurück kam und die Menschenmassen vorm Schalter wahrnahm, wurde mir klar: Heute komme ich nicht mehr dran! Ich benutzte die Fähre nach Meersburg, um den Weg zu meinen Freunden abzukürzen. Unterwegs stillte ich meinen übergroßen Radelhunger in einer Kirschplantage und war pünktlich zur Mehlsuppenzeit wieder in Krumbach.

ca. 96 km

66

Dienstag, den 27.7.1954
Gut geschlafen und gefrühstückt verabschiedeten wir uns von den gastfreundlichen Wolgadeutschen mit aufrichtigem Dank. Ich kenne keine Volksgruppe, die ein ähnlich schweres Schicksal erleben musste wie sie. Nach dem siebenjährigen Krieg im achtzehnten Jahrhundert lud die deutsche Zarin Katharina die Große diese Menschen in ihr Land ein, damit sie sich nach den Kriegswirren ein besseres Leben aufbauen können. Der Erste Weltkrieg und der anschließende Bürgerkrieg in Russland unterbrach die positive Entwicklung. Stalin liquidierte die Wolgadeutsche Republik. Die Zwangs-kollektivierung veranlasste die Menschen, ihre Heimat aufzugeben. Sie hofften, in Weißrussland eine bessere Zukunft zu finden. Als die deutsche Wehrmacht im Zweiten Weltkrieg das Land eroberte, glaubten sie, wieder an die Wolga zurückkehren zu können. Beim Rückzug der Wehrmacht nahmen die Soldaten die Wolgadeutschen mit. Manch einer erhoffte sich eine Neuansiedlung in Polen. Stattdessen erlebten sie das Kriegsende in Leipzig. Hier erhielten sie Land als Neubauern. Vor der Gründung der DDR wurden alle Wolgadeutschen im September1949 nach Sibirien deportiert. Lediglich einigen Familien gelang kurz zuvor die Flucht auf spektakuläre Weise über Westberlin nach Westdeutschland. Zwei, drei Familien erhielten in Krumbach Borkenkäfer geschädigten Wald. Sie rodeten ihn und wandelten ihn in Ackerland um. So viel zum leidgeprüften Leben dieser Menschen.

Alfred, Benno und ich fuhren über Stockach und Radolfzell nach Konstanz. Ich stand bereits vormittags am Schalter des Landratsamtes, gab der Beamtin meine DDR-Reisebescheinigung und die zwei Passbilder, um dafür meinen ersehnten Reisepass für Italien zu erhalten. Die Frau hinter dem Schalter sah sich die Bescheinigung sorgfältig an und stellte fest:
„Sie sind noch nicht volljährig. Da kann ich ihnen keinen Reisepass ausstellen."

„Wieso? Ich bin bereits neunzehn," gab ich ihr selbstbewusst zur Antwort.

„In der Bundesrepublik wird man erst mit einundzwanzig volljährig," belehrte sie mich.

Meine Enttäuschung sah sie mir im Gesicht an. Mitfühlend schlug sie vor:

„Falls sie mir eine unterschriebene Erlaubnis ihrer Eltern vorlegen, kann ich ihnen einen Pass ausstellen. Die Unterschrift muss jedoch von der Polizei bestätigt sein."

„Da mache ich mich strafbar. Ich darf doch die Bundesrepublik nicht verlassen," gab ich ängstlich zu bedenken.

Eine Frau unter den vielen Wartenden rief mir zu:

„Die Unterschrift kann auch ein Pfarrer bestätigen."

Mit diesem Tipp kaufte ich eine Postkarte und schickte sie sofort an meine Eltern mit der Bitte, mir die Reise nach Österreich, Italien, Frankreich und Schweiz zu erlauben und ihre Unterschrift vom Pfarrer bestätigen zu lassen. Die Erlaubnis umgehend postlagernd nach Garmisch schicken! All die Länder führte ich auf, weil ich nicht die gleiche Route zurückfahren wollte. Ich meinte, über Frankreich, das Rhonetal aufwärts und bei Genf durch die Schweiz nach Deutschland zurückzukehren. Wer oder was gab mir die wahnwitzig lange Strecke ein? In Gedanken sah ich die Europakarte im Erdkundeunterricht vor der Tafel hängen, ohne jegliche realistische Vorstellung von Entfernungen zu haben. Meinen Freunden gegenüber verriet ich meine utopischen Vorstellungen keineswegs, sprach von Italien, erwähnte so ganz nebenbei Venedig.

Die Auskünfte des Landratsamtes in Konstanz raubten uns einen halben Tag. Alfred und Benno drängten zur Weiterfahrt. Wie vereinbart setzten wir mit der Fähre nach Meersburg über, um Zeit zu sparen. Dort trafen wir wie vorgesehen Dieter und radelten gemeinsam am Nordufer des Bodensees über Friedrichshafen bis Lindau, verabschiedeten uns auf seiner Halbinsel vom See und schlugen nach etwa zehn Kilometer in Richtung Immenstadt unser Zelt auf. In unmittelbarer Nähe entdeckte ich einen Kartoffelacker. In der Abenddämmerung schlich ich aufs Feld und kroch auf allen Vieren in einer Kartoffelfurche entlang, bis ich eine günstige Stelle zum schonenden Ernten gefunden hatte. Trotz aller Vorsicht, die Pflanzen nicht zu verletzen, warfen mir meine Freunde Diebstahl vor. Um mich zu entlasten, wies ich auf unsere Notsituation hin:

„ Bei dieser knappen Kasse ist Mundraub kein Verbrechen!"
Obwohl wir alle kein total reines Gewissen hatten, schmeckten uns die Bratkartoffeln vorzüglich.

ca. 110 km

Ein idyllischer Zeltplatz

Mittwoch, den 28.7.1954

Gegen zehn zogen wir los. Es ging über Oberstaufen, rechts am Alpsee entlang, ohne Halt durch Immenstadt und weiter mit dem Ziel Füssen. Die bergige Landschaft machte uns mehr und mehr zu schaffen. Die Anstiege zehrten an unseren Kräften. Um so mehr erfreute uns, wenn wir die erklommene Höhenlage für schnelle, ungebremste Abfahrten nutzen konnten. Verflucht haben wir die schlechte, abschüssige Straße vor Wertach. Mit der Höhenenergie fütterten wir lediglich unsere Bremsen am Fahrrad.

Endlich in Füssen! Keine Kraft mehr in den Waden. Mit unseren matten Beinen heute nach Garmisch zu kommen – unmöglich, zumal es nach unserem Kartenstudium keine direkte Straßenverbindung dorthin gibt. Wir entschieden, hier in der Nähe zu zelten und verließen die Stadt in Richtung Steingaden. Unsere Augen konzentrierten sich auf rechts von der Straße abgehende Waldwege. Endlich ein beschilderter Hauptweg – Oberammergau! Halt – den benutzen wir! Der große Umweg über Steingaden bleibt uns erspart. Nach wenigen Kilometern lädt uns eine einsame Waldlichtung zum Pausieren ein. Wortlos denkt jeder von uns daran, an diesem idyllischen, naturbelassenen Fleckchen zu zelten. Die entspannte Miene von Benno und Dieter verrieten Alfred und mir: Für die Beiden ist eine Radeltour in erster Linie kein sportliches Ereignis. Sie wollten alles – mehr als wir – betrachten, aufsaugen, genießen, sich erfreuen und in Erinnerung behalten. Dazu lud diese anheimelnde Waldlichtung ein, ein Geschenk der Natur, gleichsam eine lichtdurchflutete Insel inmitten des riesigen Ammerwaldes. Die Sonnenstrahlen vergoldeten die Zweige der umstehenden Bäume, das Gras und die Wildblumen auf der Lichtung – gewissermaßen ein paradiesisches Plätzchen der Ruhe und des Friedens.

Dieter inspiziert die nähere Umgebung, entdeckt Quellwasser.

„Hier können wir sogar die gestohlenen Kartoffeln von gestern kochen," kam ihm spontan in den Sinn.

Die Entscheidung, hier zu nächtigen, war ohne Widerspruch gefallen. Abends gab es außer den Kartoffeln die übliche Mehlsuppe, lediglich mit Wasser gekocht. Weit und breit kein bäuerliches Anwesen in Sicht, um etwas Milch zu erbetteln. Nach dem Abwasch und der notdürftigen Körperhygiene krochen wir ins enge Zelt und ließen in Gedanken die Allgäuer Alpenkulisse an uns vorüberziehen. Ich persönlich dankte mit einer Gute-Nacht-Besinnung für den gelungenen Tag und den anheimelnden Zeltplatz. Mein Gefühl erinnerte mich an ein kleines Gedicht von Goethe, das unsere Situation ausdrucksvoll wiedergibt:

In allen Gipfeln ist Ruh.
In allen Wipfeln spürest du kaum einen Hauch.
Die Vöglein schweigen im Walde.
Warte nur, balde ruhest du auch.

ca. 106 km

Donnerstag, den 29.7.1954

Wir frühstückten zwar gemeinsam. Doch jeder bereitete seine belegten Brote selbst zu von dem, was er eingekauft hatte: Brot, Margarine, vielleicht Käse oder mal preiswerter Wurstaufschnitt dazu. Bei Benno, Dieter und mir war jeweils Schmalhans Küchenmeister angesagt. Lediglich Alfred hatte von seinem Opa fünfzig Westmark erhalten, nämlich doppelt so viel, wie uns zur Verfügung stand.

Nachdem wir das Zelt abgebaut und unsere spärlichen Sachen zusammen gesucht hatten, tauchte auf einmal eine Katze auf. Völlig unklar war uns, wie sie uns gefunden haben könnte. Kein Anwesen in der näheren Umgebung. Nicht scheu, sogar zutraulich – eine typische Hauskatze! Meine Freunde hatten das liebe Tier sofort ins Herz geschlossen. Ich dagegen erinnerte mich an die schlechte Zeit 1945. Alles hatte uns der Krieg genommen. Lediglich ein paar Tauben gurrten auf dem Dach unserer kleinen Landwirtschaft, alle Ställe ohne Vieh, nur unser Hund und eine Katze im Hof, die ab und an von einem fremden Kater Besuch erhielt. Fleisch – absolute Mangelware! Eines Tages musste damals der von vielen Feldmäusen wohl genährte Kater dran glauben.

„Wem gehört die Katze? Wohl niemandem in der Waldeinsamkeit," schlussfolgerte ich.

„Was willst du damit sagen? Wir können sie doch nicht mitnehmen. Auf dem Fahrrad? Das geht doch nicht," wunderte sich Alfred.

„Fangen, schlachten! Endlich mal Fleisch essen," knurrte mein tierisch hungriger Magen.

„Was, du willst die Katze schlachten? Du bist wohl von allen guten Geistern verlassen," schnauzte Alfred wütend.

Über der idyllischen Lichtung schien elektrische Spannung zu knistern. Als ich mich bückte und mich auf die Katze stürzen wollte, schnappte mich Alfred von hinten und hielt mich zurück. Reflexartig erwachte in mir mein Ringkampfsport. Ich drehte mich um, schnappte mit der linken Hand seinen rechten Oberarm, legte meinen rechten Arm um seine Hüfte, bückte mich etwas und zog seinen Körper auf meine Hüfte und mein Gesäß. Alfred verlor Bodenkontakt. Mit einem kraftvollen Schwung kniete ich rechts nieder und ließ seinen Körper mit einer Drehbewegung auf den weichen Waldboden gleiten. Ich nahm mit gespreizten Beinen eine stabile Lage ein und drückte seinen Oberkörper auf den Erdboden der Waldlichtung. Meine linke Hand hielt seinen rechten Arm fest. Mein Oberkörper lastete auf seinem Brustkorb. Alfred versuchte, sich aus der gefesselten Lage durch wiederholte Drehbewegungen zu befreien. Leider ohne Erfolg. Er ärgerte sich maßlos, mir gegenüber unterlegen zu sein.

„Lass mich los!", befahl mir Alfred sichtlich erregt.

„Erst, wenn du dich beruhigt hast."

Den Eindruck hatte ich keineswegs.

„Wenn du mich nicht los lässt, drücke ich dir die Augen raus," drohte Alfred mit gepresster Stimme.

Er spreizte Daumen und Zeigefinger der linken Hand. Beide Finger suchten meine Augen. Ich hob blitzartig meinen Kopf. Sein Daumen fand nicht meine Augen sondern meinen Mund.

Ich vernahm einen starken Schmerz am Mundwinkel, als ob er meinen Mund aufreißen wollte. Mir blieb nichts anderes übrig als zuzubeißen.

„Das Schwein beißt ja," brüllte Alfred tierisch laut mit Wutfalten auf seiner Stirn.

Ich erschrak und öffneten meinen Mund. An seinem Daumen sah ich meine Zahneindrücke, ohne ihn verletzt zu haben. Meine freie Hand drückte seinen linken Arm zu Boden. Trotz versuchter Gegenwehr gelang es Alfred nicht, sich zu befreien. Obwohl er nahezu einen Kopf größer ist als ich und durch seinen Radsport einen durchtrainierten Körper hat, erklärt sich meine Überlegenheit lediglich durch meinen jahrelangen Ringkampfsport.

„Lass mich los! Lass mich los!", wiederholte er seine Niederlage anerkennend.

„ Ich lasse dich erst los, wenn du dich beruhigt hast," antwortete ich ihm vermittelnd.

In der Tat ließen seine Befreiungsversuche nach. Ich ließ ihn aufstehen. Hektisch suchend lief er auf unserem Lagerplatz hin und her.

„Was ist mit ihm bloß los?", fragte ich mich besorgt.

Er bückte sich, hob einen faustgroßen Stein auf und schleuderte ihn in meine Richtung. Glücklicherweise sprang ich zur Seite. Das Wurfgeschoss verfehlte sein Ziel. Gott sei Dank! Während unseres ungeplanten und nicht ganz ungefährlichen Intermezzos verschwand natürlich unsere Katze auf Nimmerwiedersehen. Sie erinnerte mich an den wohlschmeckenden Katerbraten am Kriegsende, von meiner Mutter sehr gut zubereitet. Wir Kinder haben sogar das Fleisch am Katzenkopf, die Zunge und das Katzengehirn verspeist. Obwohl seitdem neun Jahre vergangen sind, hat mich unsere Waldkatze an die damalige Notsituation erinnert, zumal das ständige Radfahren meinen Appetit ins Unermessliche steigerte. Benno und Dieter wunderten sich über unsere unnötige Schlägerei, ausgelöst durch das Katzenvieh.

Kommentarlos begannen wir, unsere Privatsachen auf den jeweiligen Gepäckträger zu geben und das Gruppengepäck gerecht zu verteilen. Ab ging´s in Richtung Oberammergau. Die Sonne wies uns den Weg nach Osten. Der gut befahrbare Waldweg im ebenen Gelände und die Bäume in der morgendlichen Natur wirkten auf uns beruhigend. Ich dachte über unsere Meinungsverschiedenheit nach, die anschließend in einen heftigen Streit überging und zum Schluss mit einem ernsten für Alfred demütigenden Ringkampf endete. Mein unersättliches Hungergefühl und die friedliche Waldkatze ließen in mir die konservierte Vergangenheit, die Notsituation am Kriegsende erneut wach werden. Und Alfred hat sicherlich so eine extreme Notlage nie erleben müssen. Mir wurde bewusst: Unter guten Freunden ist Reden mitunter ein überflüssiges Werkzeug, das der Versöhnung im Wege steht als das es ihr nützt. So ließen wir das Zusammenspiel von Sonne, aufgelockertem Wald, ebenem Gelände und himmlischer Ruhe wie Balsam auf uns wirken. Ohne ein Wort auszutauschen, kamen wir an eine Weggabelung. Der linke Wegweiser zeigte nach Steingaden, der andere weiterhin nach Oberammergau.

„Oh Steingaden, da in der Nähe liegt die Wieskirche," erinnerte ich mich.

„Kirchen gibt es doch in Bayern überall," bemerkte Dieter, allein den Umweg scheuend.

„Das ist aber eine der schönsten Rokokokirchen im ganzen Land. Ich habe dort in der Jugendherberge neben der Kirche Urlaub machen dürfen vor paar Jahren."

„Wie bist du dorthin gekommen? Du hattest doch kein Westgeld," wollte Benno wissen.

„Auf Einladung der Diözese Augsburg. Da konnte ich mit noch einem Freund der katholischen Jugend dort eine Woche kostenlos wohnen."

„Ach so, ich erinnere mich,," fiel Benno ein.

„Wie denn nun, schauen wir uns die Kirche an?" , fragte ich ungeduldig.

„Das ist ja ein Umweg. Wir wollen heute noch bis Garmisch," war die einhellige Meinung vom Benno und Dieter.

Alfred hatte den Dialog wortlos verfolgt.

„Ich würde mir diese Kirche schon mal anschauen wollen,“ überraschte er mich.
Benno und Dieter fahren den kürzeren Weg über Oberammergau nach Ettal . Alfred und ich besichtigen die Wieskirche. Gemeinsamer Treffpunkt ist Ettal. So entschieden wir uns .

Wird das mit Alfred und mir mal gut gehen, fragte ich mich nach der Erniedrigung, die ich ihm ungewollt zugefügt hatte. Ich fasste den Kampf als sportliche Ertüchtigung auf, ohne den ernsten Ausgang vorauszuahnen. Wir ließen den sonnigen Morgen und die Ruhe des Waldes auf uns einwirken, ohne ein einziges Wort auszutauschen. Mit schnellem Tempo im nahezu ebenen Gelände erreichten wir die Wieskirche. Sie war geöffnet – kein Besucherandrang. Wir gingen hinein. Ich wusste, die evangelischen Kirchen sind eher nüchtern eingerichtet. Der märchenhaft verzierte Kirchenraum mit unzähligen Engelchen an Wänden, Säulen und an der Decke verzauberte Alfred und bereitete in uns den nicht so schnell erhofften Weg der Versöhnung. Ich war Alfred sehr dankbar, nicht nachtragend zu sein und einzusehen, überreagiert zu haben.

Bald setzten wir unsere Fahrt fort, trafen wie vorgesehen in Ettal unsere beiden Freunde, besichtigten gemeinsam die Klosterkirche und die große Klosteranlage im idyllisch gelegenen Hochtal. Das Kloster wurde im vierzehnten Jahrhundert gegründet und kam zu hoher Blüte. Zur Besichtigung des nahe gelegenen Königsschlosses Linderhof nahmen wir uns keine Zeit. Wir wirbelten im schnellen Tempo hinunter nach Oberau. Unser nächstes Ziel das Hauptpostamt in Garmisch gegenüber dem Bahnhof. Hier erhoffte ich mir die Zusage meiner Eltern, den Reisepass beantragen zu dürfen.
Etwas unsicher fragte ich den Postangestellten hinter dem Schalter:
„Ist für Theo Richter Post eingegangen? Ich meine postlagernd..“
Er verschwand und kam mit einem Brief zurück.

„Ist das die Zusage deiner Eltern," wollte Alfred interessiert wissen.

„Nein, so schnell geht die Post nicht," gab ich verunsichert zurück.

„ Von wem ist dann der Brief?"

Alfred wollte nicht neugierig sein. Aber wer fühlt sich schon veranlasst, einen Brief postlagernd nach Garmisch zu senden außer Theos Eltern, fragte sich Alfred, ohne seinen Gedanken auszusprechen. Ich blieb ihm die Antwort schuldig und wechselte das Thema:

„Morgen wollen wir auf die Zugspitze steigen." Keiner widersprach.

„Da ist es am besten, wir suchen uns einen Zeltplatz auf einer Wiese vor der Höllentalklamm," erklärte ich selbstsicher.

„Warum dort? Da sind doch bestimmt viele Touristen," unterbrachen mich alle Drei.

„Die meisten Besucher fahren mit der Seilbahn hoch und zwar vom Eibsee aus oder sie benutzen die Zahnradbahn. Für uns arme Schlucker – beides viel zu teuer."

Sie hörten mir aufmerksam zu und keiner widersprach. Ich dann weiter:

„Wir wollen ja zu Fuß hoch. Da ist der Weg durchs Höllental der kürzeste. Von einem Andrang – da habe ich bisher nichts gehört."

„Du kennst dich hier gut aus," wunderte sich Alfred.

„Ich war schon mal hier gewesen. Vor drei Jahren mit meinem Freund. Da sind wir auf die Alpspitze geklettert."

Alle waren mit meinem Vorschlag einverstanden. Also los, über Grainau nach Hammersbach und von dort dem Wegweiser Höllentalklamm folgend. Als ich auf einem Wiesenweg neben Alfred vorausfuhr, erzählte ich ihm:

„Der Brief ist von Rosemarie."

„So? Da bin ich aber überrascht! Woher wusste sie, dass wir über Garmisch fahren?", fragte Alfred folgerichtig.

„Ich hatte ihr eine Ansichtskarte von Konstanz aus geschrieben mit der Bemerkung, dass ich von meinen Eltern einen Brief in Garmisch postlagernd erwarte. Wahrscheinlich hat sie daraufhin gleich geschrieben."

„Aha – jetzt ist's mir klar." bemerkte Alfred mit der Erwartung, noch mehr zu erfahren.

Natürlich interessierte mich genau so wie Alfred, was Rosemarie schreibt. Ich hatte ihren Brief noch nicht geöffnet. Den Glücksmoment wollte ich in Ruhe und möglichst allein erleben.

Damit kein falscher Eindruck entsteht, ist es an dieser Stelle angebracht zu erzählen, wie Alfred und ich Rosemarie kennen gelernt haben. Sie begegnete uns, als sie vor zwei Jahren an unsere Oberschule kam. Der Kontakt kam durch das gemeinsame Interesse am Sport zustande. Wir unternahmen zu Dritt kleine Radtouren, gingen baden oder trafen uns auf Geburtstagsfeiern. Die zwei Jahre jüngere Schülerin konnte ihre Natur gegebene Attraktivität auch uns gegenüber nicht verbergen. Wer von uns beiden sie mehr verehrte, bleibt ein ewiges Geheimnis. Und wie stand sie zu uns beiden? Kein einzig Wort verriet es. Wir versuchten, aus ihrem Verhalten ein Ergebnis abzuleiten – kein Erfolg! So ganz nebenbei hat sie mal bekundet:

„Ich hätte gern Geschwister gehabt."

Erst viel später wurde uns bewusst, was sie uns mit dem Fünf-Wörter-Satz sagen wollte: Ihr beide seid meine Ersatzbrüder! Und warum hat Rosemarie an mich und nicht an den allseits begehrten Alfred geschrieben? Er beendete die Schule nach der elften Klasse und bevorzugte eine praktische Ausbildung, wodurch er weniger Freizeit hatte und wir mit Alfred nicht mehr so viel unternahmen. Ich bin nicht sicher, ob mich jeder versteht. Ich habe daher das Bedürfnis, dieses Thema so nüchtern und realistisch darzustellen, gleichwohl diese Person während unserer Fahrt aus meinen grauen Zellen nicht zu verbannen war. Genug damit!

Der Wiesenweg endete an einem Kiosk am Waldesrand und ging in einen Waldpfad über, beschildert mit Höllentalklamm. Wir beschlossen, auf der benachbarten Wiese zu zelten, wenige hundert Meter vom Kiosk entfernt. Zum Abendbrot aßen wir wie üblich unsere Mehlsuppe, dazu jeder seine karg belegten

Schnitten. Zwischen dem Gruppengepäck rollten ein paar Kartoffeln hervor. Sie wurden schnell gekocht und gewissermaßen als Nachspeise vertilgt.

Wir krochen ins Zelt, um zu schlafen, nicht, weil der Tag das Letzte gefordert hatte, sondern um viel Kraft für morgen zu tanken. Es galt, beim Aufstieg zur Zugspitze zweitausend Höhenmeter zu überwinden.

ca. 65 km

Auf die Zugspitze durchs Höllental

Freitag, den 30.7.1954

Unser erster Weg führte uns zum Passamt in Garmisch. Auch hier wurde mir das gleiche mitgeteilt wie in Konstanz. Ich bräuchte die Erlaubnis der Eltern für die Beantragung des Reisepasses. Alfred, Benno und Dieter erhielten problemlos ihren Drei-Tages-Schein für Österreich, damit sie ihre Fahrt am Wochenende fortsetzen können. Andererseits hätten sie ihre Erlaubnis erst am Montag bekommen.

Eilig kehrten wir mit den Rädern zum Zeltplatz zurück, verstauten sie im Zelt, packten in unsere Rucksäcke Trainingsanzug, ein Paar dicke Ersatzsocken, die Feldflasche mit Wasser und etwas zu essen. Natürlich vergaßen wir nicht, das wenige Geld und den Ausweis mitzunehmen.

Kurz nach elf starteten wir unser großes Vorhaben und kamen am Kiosk vorüber, das uns einen halben Liter Buttermilch für zehn Pfennige anbot. Das äußerst preiswerte Angebot tranken wir gierig und kamen bald am Eingang zur Höllentalklamm an. Für den Eintritt durften wir keinen Groschen vergeuden. Lediglich Alfred leistete sich den bequemen Weg durch die Klamm. Benno, Dieter und ich umgingen sie, trafen am Ende der Klamm Alfred und wählten den oberen Weg über das Knappenhaus zur Höllentalhütte. Von hier aus konnten wir zum Gipfel der Zugspitze hochschauen und bemerkten, dass er sich gerade hinter leichten Wolken versteckte. Wir befragten den Wirt zu unserem Vorhaben:

„Es ist bereits eins und nachmittags kann es leicht ein Gewitter geben."

Er schaute zum Wolken verhangenen Gipfel empor und betrachtete unsere Ausrüstung kritisch.

„ Habt ihr warme Sachen dabei?"

„Trainingsanzug, Wollsocken," war unsere knappe Antwort.

Nachdem er uns bestätigt hatte, noch vor Sonnenuntergang

hochzukommen, falls uns das Wetter keinen Strich durch die Rechnung mache, setzten wir unsere Besteigung fort. Mit so wenig Gepäck kamen wir gut voran und hatten lediglich einige Mühe, den richtigen Kletterweg zum Höllental-Ferner zu finden. Auf dem Schneefeld war der Pfad tief eingetreten. Lediglich bei steilerem Anstieg rutschte ich mit meinen leichten, profillosen Turnschuhen aus. Ich nahm die Hände zu Hilfe und krallte mich mit den Fingern im Schnee ein. Auf dem Gletscher kam uns ein junges Pärchen entgegen: Sie mit Bluse und er in kurzer Hose wie wir. Ob sie wohl vom Gipfel kommen? Wir wechselten kein einziges Wort und fühlten uns getröstet, weil auch andere schlecht ausgerüstet waren.

Dieter hatte viele Bergsteigerbücher gelesen und belehrte uns, vom Trampelpfad nicht abzuweichen und beim Übergang zur Felswand auf Gletscherspalten zu achten. Es verlief alles problemlos, bis wir am Ende des Gletschers an einer Felsplatte eine Holztafel entdeckten mit der Warnung:

Noch vier bis fünf Stunden bis zum Gipfel! Vor dem Weiterklettern wird gewarnt! Nur für geübte Bergsteiger!

Wir erschraken und wurden nachdenklich. Was tun? Umkehren? Sollte unsere bisherige Mühe umsonst gewesen sein?

„Ich klettere nicht weiter. Wir müssen umkehren," forderte Alfred eindeutig.

Ich sah das enttäuschte Gesicht von Benno und Dieter. Wir alle wollten den höchsten Berg Deutschlands mit nahezu dreitausend Meter erklimmen und machten uns gegenseitig Mut.

„Bergsteiger müssen zusammenhalten," forderte Dieter entschieden. „Falls es zu schwierig wird, können wir immer noch umkehren."

Mit dieser vernünftigen Darlegung überzeugte Dieter uns und auch Alfred, jetzt nicht abzubrechen. Wir kamen schnell vorwärts. Insbesondere zeigte sich Alfred konditionsstark. Leider verschlechterte sich das Wetter. Vom Nebel völlig umgeben wurde uns kalt. Wir zogen den Trainingsanzug an. Die Hände froren am Drahtseil an. Wir streiften uns den Ärmel der Trainingsjacke über die Hand, um so die Finger vor dem kalten Drahtseil zu schützen. Leider zog sich der Ärmel durch die rhythmische Kletterbewegung hoch. Ich benutzte zeitweise meine Ersatzsocken als Handschuhe.

Benno wurde abrupt langsamer. Er klagte über Bauchschmerzen. Die Buttermilch rebellierte in seinem Verdauungstrakt. Wir suchten ihm einen Felsvorsprung. Dort zog er sich die Hosen runter und der Stuhlgang erlöste ihn von seinen Schmerzen. Trotz der ernsten Situation fiel mir der humorvolle schlesische Gedankensplitter ein:

Buttermilch macht Blosa.
Wenn du denkst, du hast's im Bauche,
do hoast du's ei a Hosa.

Wir durften uns keine Pause gönnen. Sonst droht Unterkühlung! An besonders steilen Stellen befanden sich Steigeisen oder befestigte Leitern an Felswänden. Es wurde merklich anstrengender. An manchen Stellen fehlten Kletterhilfen, zum Teil ausgebrochen und nicht erneuert. Dieter ermahnte Alfred und mich, das Tempo keineswegs zu steigern.
„Bergsteiger müssen zusammen bleiben," ermahnte er uns ernsthaft.
Wie recht er hatte, zeigte sich bald an einer extrem schwierigen Stelle: Mehrere Steigeisen hintereinander ausgebrochen! Die senkrechte Felswand konnten wir nur mit einem anstrengenden Klimmzug überwinden. Nach mehreren Versuchen verließen Dieter die Kräfte. Wegen der Gefahr der Unterkühlung durften wir keine längere Pause machen, um Kräfte zu sammeln. Wir baten Dieter, seinen Rucksack hoch zu reichen.
„Versuch es nochmals!", riefen wir ihm aufmunternd zu.
Es klappte nicht. Seine Armmuskeln ermüdeten durch die wiederholten Versuche, sich hoch zu ziehen. Ich kletterte etwas widerwillig zu ihm hinunter und schob ihn von unten, während Alfred und Benno von oben zogen. Dieters leidende Miene verriet seine hohe Kraftanstrengung. Sein Gesicht entspannte sich erst, als wir ihn mit vereinten Kräften oben hatten. Mit etwas vermindertem Tempo setzten wir unsere Kletterei fort.

Urplötzlich verspürten wir einen starken, kalten Wind. Unsere Kleidung war keineswegs winddicht. Die Kälte drang bis auf die Haut. Der Nebel versperrte uns die Sicht für die Orientierung. Lediglich die Kletterhilfen und die roten Kleckse an den Felsen im Abstand von zehn bis zwanzig Metern führten uns den Weg nach oben. An dieser windigen Stelle mussten wir an einem Grat angekommen sein. Nach beiden Seiten fiel das Gelände steil nach unten ab. Gott sei Dank wurde uns die Gefahr nicht bewusst. Der Nebel nahm uns die Sicht in die gähnende Tiefe. Letztlich war keiner von uns total schwindelfrei. Der Grat führte schroff nach oben. Der Kletterweg verließ den steilen Kamm nach wenigen Metern und bog nach links ab. Endlich wieder im Windschatten! Wir brauchten keine Unterkühlung zu fürchten und hatten den Eindruck, der Streckenabschnitt sei nicht so anstrengend wie bisher. Nach nicht allzu langer Zeit stießen wir auf einen Pfad, der von links kommend nach rechts nahezu eben weiter führte. Seine abgetretenen Felsbrocken verrieten, er musste öfter benutzt worden sein.

„Wir können doch nicht schon oben sein," rief der Erste den anderen zu.

Die Markierung wies uns nach rechts.

Nach wenigen Minuten standen wir am Gipfelkreuz. Unfassbar! Es war eben halbsechs. Was hatte unten auf der Tafel gestanden ? Noch vier bis fünf Stunden bis zum Gipfel! Wir fühlten uns überglücklich, es geschafft zu haben, auch wenn wir keine Sicht gehabt hatten. Durch die Nebelschwaden hindurch sahen wir das Münchner Haus schemenhaft. Noch ein paar Kletterminuten nach unten und wieder hoch standen wir vor einer Holztür mit der Aufschrift:

„Haus der Naturfreunde." Hier durften wir für 2,20 DM in Doppelstockbetten übernachten. Das war zwar viel Geld für uns. Aber das stolze Gefühl, auf dem Gipfel der Zugspitze in fast dreitausend Meter Höhe schlafen zu dürfen, war uns das wert. Übrigens hatten uns die Einheimischen zuvor informiert, der Auf- und Abstieg sei nicht an einem Tag zu schaffen. Das wussten wir. Unser Schlafraum war zweckmäßig eingerichtet, alles aus Holz und gut beheizt. Wir wärmten uns auf, aßen und tranken das Mitgebrachte. Danach schauten wir uns das Gebäude von außen an, die Wetterstation und die Gaststätte mit Hotelbetrieb. Da gehörten wir nicht hin. Wir zogen es vor, früh zu Bett zu gehen. Es war eine Wohltat, endlich wieder mal im Bett auf Matratzen schlafen zu können und nicht im viel zu engen Zelt auf oft hartem, unebenem Untergrund.

Sonnabend, 31.7.1954

Als wir gegen sieben aufwachten, war draußen alles weiß – Neuschnee! Wir sammelten vom Dach des Hauses den Schnee, schmolzen ihn auf dem Gussofen des Aufenthaltsraumes und drückten in das Schmelzwasser eine mitgebrachte Zitrone hinein. Zu unserem Frühstücksgetränk aßen wir wie üblich Margarinebrote. Danach besprachen wir den Abstieg. Der Neuschnee entfesselte unter uns eine kontroverse Aussprache. Wählen wir den gleichen Weg oder benutzen wir die sichere Reintalroute über die Knorrhütte bis vor zur Partnachtklamm? Das war die Kernfrage. Wir hätten uns schnell einigen können, wenn der Abstieg über das Reintal nicht doppelt so lange gedauert und unser Zelt nicht an der Höllentalklamm sondern an der Partnachtklamm gestanden hätte. Wir fragten den Betreuer des Naturfreundehauses, der zugleich auch Angestellter des Observatoriums war.
„Ich rate euch, über das Reintal runter zu gehen. Bei Neuschnee ist die Rutschgefahr zu groß."

Uneinig verließen wir um halb neun unser Quartier und versammelten uns für paar Minuten schweigend mit gemischten Gefühlen unter dem Gipfelkreuz. Einerseits waren wir zufrieden und dankbar, den höchsten Punkt Deutschlands wohlbehalten erreicht zu haben und hoch über allen Sorgen der Talbewohner zu sein. Andererseits kann die Natur wie so oft launisch und unberechenbar sein, als hätte sie nichts Besseres zu tun, als die Zugspitze mitten im Sommer über Nacht in eine säuberlich sanfte Winterlandschaft zu verwandeln. Keiner von uns glaubte, das Gipferkreuz könnte uns in letzter Minute andeuten, welchen Rückweg wir zu wählen haben. Aber jeder erhoffte sich einen behüteten Abstieg. Wenige Minuten später ging Alfred allein auf dem Grat in Richtung Knorrhütte weiter, während wir links zum Höllental abstiegen. Es war ein wortloser Abschied. Jeder dachte mit höchster innerer Anspannung: Sehen wir uns heute Abend am Zelt wieder? Der Nebel um uns verstärkte die Ungewissheit. Wir hämmerten uns wiederholt ein, kein Risiko einzugehen: Nicht vom markierten Weg abkommen! Nicht ausrutschen! Glücklicherweise hatten die Verantwortlichen des Deutschen Alpenvereins die Farbmarkierungen an überhängenden Felswänden oder an markanten Felsbrocken so anbringen lassen, dass sie nicht gleich zuschneien. Falls mal ein roter Klecks mit Schnee bedeckt war, sahen wir in der Regel die nächste Markierung. Ich kann mich nicht erinnern, dass einer von uns gefährlich ausgerutscht wäre. Schwierige Stellen schauten wir uns zuvor an, bevor wir weiter abstiegen.

Urplötzlich vernahmen wir ein dumpfes, grollendes Geräusch und hielten inne.

„Was mag das sein?", fragten wir uns ängstlich.

Es wiederholte sich nach wenigen Sekunden.

„Lawine," schrie Dieter wie aus der Pistole geschossen. „An die Felswand! Sonst reißt sie uns mit."

Es kam keine Lawine runter.

„Sie ist woanders abgegangen, nicht bei uns," belehrte uns Dieter mit entspanntem Gesicht.

Je tiefer wir runter kamen, um so mehr lockerte der Nebel auf. Bald sahen wir die gegenüber liegenden Höllentalspitzen, ihre Schnee bedeckten Felshänge, angestrahlt von der Morgensonne. Das Lawinengeräusch wiederholte sich und kam aus dieser Richtung. Wir sahen keine abgehende Lawine, obwohl wir gute Sicht hatten.

„Haben wir Halluzinationen?", fragten wir uns.

Als wir eine gewisse Zeit zu den schroffen Felsspitzen hinüber starrten, konnten wir doch noch das Abrutschen des Neuschnees auf den Höllentalferner beobachten. Der Schnee war längst unten angekommen, als wir das eigenartige, dumpfe Geräusch zeitverzögert vernahmen. So groß war die

Entfernung. Wie scharfsinnig hatte Dieter das uns unbekannte Grollen gedeutet!

„An unserem Hang geht zu dieser Tageszeit keine Lawine ab, erst gegen Mittag, wenn die Sonne rumkommt," beruhigte uns Dieter.

Rundum glücklich fühlten wir uns, in den Sommer hinab zu steigen und glaubten, die Schwierigkeiten des Abstiegs überwunden zu haben. Wir nahmen die Wärme des Tales wahr und der Schnee begann zu tauen. Wir befanden uns inzwischen auf dem flacheren Geröllkegel, der sich in Jahrtausenden zwischen dem steilen Bergmassiv und dem Gletscher gebildet hatte. Die unzähligen Felsbrocken machten es uns zunehmend schwieriger, die nächste Wegmarkierung zu finden. Weshalb wohl? Die Felsstücke waren nicht mehr so groß und fast völlig mit nassem Schnee bedeckt. Größere, scharf umrissene Felsbrocken fehlten, die sich für einen Farbklecks gut geeignet hätten. Zudem nahm der Abstand von einem Klecks zum anderen zu. Wir kratzten den Schnee von unzähligen Steinen, bis wir den nächsten roten Punkt fanden. Obwohl das Gelände leicht zu begehen war, hielt uns die Sucherei sehr auf.

„Wir müssen den markierten Weg zum Gletscherübergang finden. Sonst haben wir umzukehren," schärfte uns Dieter mit ernster Miene ein.

Um Gottes willen, umkehren? Die einige hundert Meter hohe Felswand zurück und dann noch den elend langen Reintalabstieg! Reichen unsere Kräfte dazu aus?, sinnierten wir. Wir gingen einzeln in verschiedene Richtungen, suchten das Geröllfeld in kreisförmigen Bögen ab – ohne Erfolg! Der Gletscher lag in Sichtweite vor uns.

„Vielleicht ist es besser, bis kurz vor den Gletscher abzusteigen und dort den Übergang zu suchen," schlug ich vor.

Die beängstigende Notsituation erlaubte keine Kommentare. Sowohl Benno als auch Dieter konzentrierten sich ausschließlich auf den nächsten Klecks.

„Wo ist überhaupt die letzte Markierung?", fragte Benno sichtlich enttäuscht.

Durch die hektische Sucherei völlig durcheinander hatten wir den letzten roten Fleck aus dem Auge verloren. Wir mussten zurückgehen, um den Ausgangspunkt zu finden. Einer von uns blieb fortan am letzten Markierungspunkt stehen, bis der nächste gefunden war. Nach etwa einer halben Stunde fanden wir den alles entscheidenden Klecks. Der Weg bog in einem spitzen Winkel nach rechts ab. Dort hatten wir bislang nicht gesucht. Wir atmeten alle erleichtert auf, nicht umkehren zu müssen. Trotz der ungewollten Verzögerung kamen wir gegen halb zwölf an der Höllentalhütte an und setzten unseren Marsch ohne Pause bis zu unserem Zelt fort. Hier fanden wir alles so vor, wie wir es verlassen hatten. Zufrieden darüber hofften wir, Alfred werde bald eintrudeln.

Wir nutzten die Zeit, um Brot und Tafelmargarine zu kaufen. Erst am späten Nachmittag traf Alfred am Zeltplatz ein, völlig erschöpft vom irre weiten Weg über das Reintal und die Partnachklamm bis nach Hammersbach. Abends brachen wir unser Zelt ab und beeilten uns, um noch vor zwanzig Uhr am Bahnhofspostamt in Garmisch zu sein. Der Postbeamte übergab mir wenige Minuten vor Schalterschluss einen postlagernden Brief meiner Eltern mit der Erlaubnis, einen Reisepass zu beantragen. Die Unterschriftsbestätigung des Pfarramtes Liebfrauen lag bei. Ich konnte die Freude vor meinen Kameraden nicht völlig verbergen.

„Na und, hast du die Erlaubnis?", fragte mich Alfred mit sichtlich unsicherem Gefühl.

Ich nickte und bemerkte an seinen Augen, dass er nachdenklich wurde, vielleicht sogar enttäuscht war. Die gemeinsame Radtour wird ein zu schnelles Ende haben, waren unsere gemeinsamen, unausgesprochenen Gedanken. Wir verließen den Talkessel von Garmisch und strampelten den recht langen Anstieg in Richtung Mittenwald hoch. Zwischen Kaltenbrunn und Gerold, etwas oberhalb der Straße auf der linken Seite, bauten wir das letzte Mal gemeinsam unser Zelt auf. Der Baumbestand war halbwüchsig und aufgelockert. Wir fanden hier einen nahezu ebenen Absatz für das Zelt in dem zur Straße abschüssigen Gelände.

ca. 15 km

Ende der gemeinsamen Alpenfahrt

Sonntag, den 1.8.1954

Wir hatten alle schlecht geschlafen. Die Kälte weckte uns zum ersten Mal gegen vier Uhr. Wir rückten noch enger zusammen als es der Platzmangel im Zelt erforderte, um uns gegenseitig zu wärmen. Außerdem setzte uns der harte, unebene Untergrund zu. Gestern Abend hatten wir uns nicht die Zeit genommen, den Zeltboden mit Gras und Laub zu unterfüttern. Unausgeschlafen und wie gerädert standen wir um sechs auf. Uns wurde bewusst, unser Zeltplatz liegt dreihundert Meter höher als Garmisch. Die Höhenlage und die fehlende Wolkendecke ließen die Nachttemperatur im Hochsommer auf unter zehn Grad absinken. Wir saßen bereits um sieben auf unseren Rädern. Ich begleitete meine Freunde mit einem unkameradschaftlichen Gefühl bis zum österreichischen Zoll und winkte ihnen noch lange gedankenvoll nach, bis sie hinter den Häusern von Scharnitz verschwanden.

Nun war ich mutterseelenallein, ohne Freunde, ohne Zelt, ohne Benzinkocher, Mehl und Zucker. Welche Überraschungen wird der heutige Tag für mich bereit halten? Wird mein Vorhaben, allein nach Italien zu radeln, gelingen? Solche und ähnliche Fragen überkamen mich, als ich über Mittenwald in Richtung Garmisch zurückfuhr. Das Wetter meinte es gut mit mir. Die Sonne stieg höher und erwärmte meinen Körper. Ich musste für die nächsten Tage eine Bleibe finden. Eventuell könnte ich für Essen und Schlafen einem Bauern in der Heuernte helfen, bis ich den Reisepass in der Tasche habe. Wo finde ich solch einen Bauern? Bestimmt nicht in Mittenwald oder Garmisch. Aber auch die anderen Orte sind in dieser herrlichen Gegend von Feriengästen überlaufen. Ich entschied, über Krün nach Wallgau zu fahren und besuchte hier den Sonntagsgottesdienst. Während der Messe kam ich zur Ruhe, dankte, dass der ursachlos Seiende bisher über uns Vier die schützende Hand gehalten hatte. Es war mir bewusst, dass ich die nächsten vier Wochen nicht allein durch Ideen, Energie und Willenskraft gestalten kann, sondern meinem Ich Gottvertrauen beizugeben habe und auf seinen Segen hoffen darf.

Nach der Messe sprach ich auf dem Kirchplatz die Wallgauer Bauern an. Leider brauchten sie mich nicht in der Heuernte. Machte ich auf sie einen zweifelhaften Eindruck oder hatten sie ihr Heu tatsächlich schon in der Scheune? Lag es daran, dass ich durch mein Hochdeutsch zu unbäuerlich und fremd auf sie wirkte? Ich konnte es nicht ergründen. Ich schwang mich auf mein Fahrrad, fuhr zum Bramsee, suchte mir einen Heustadel, aß und trank etwas und schlief nach der kalten Nacht im Heu tief ein. Als mich die Nachmittagssonne weckte, ging ich zum See hinunter, um mich zu rasieren und gründlich zu waschen. Neuen Mutes radelte ich nach Klais, nach Bauerngehöften Ausschau haltend. Selbst in dem kleinen Ort Gerold brauchte mich niemand als billige Aushilfskraft. Tief enttäuscht wollte ich in der kommenden Nacht keineswegs im Freien schlafen. Mir steckte die Kälte der letzten Nacht noch in den Gliedern. In Gedanken sah ich mich in einem der unzähligen Heustadel schlafen. Unter einer dicken Heuschicht müsste es wärmer sein als im Zelt, schlussfolgerte ich. Mit dieser Idee im Hinterkopf fuhr ich gemütlich in Richtung Garmisch. Bei der ersten Häuserreihe auf der linken Seite der Straße stieg ich nahezu ohne Hoffnung ab und ging in ein Haus mit giebelseitigem Eingang, das in der Verlängerung einen Stall-Scheunenanbau hatte. Die Tür zur Wohnküche stand offen. Am Esstisch saß ein älteres Ehepaar.

„Grüß Gott, darf ich bei ihnen im Heu schlafen? Ich würde dafür auch bei der Heuernte helfen."

„Na, wir brauchen niemand," gab die Frau sehr bestimmend zur Antwort.

Merklich enttäuscht blieb ich für einen Moment im Türrahmen stehen und sah, dass auf dem Sofa ein junger Mann saß.

„Wo kommst du her?", wollte er wissen.

„Aus der Ostzone."

„Wie bist du hierher gekommen?", fragte er mich interessiert weiter.

„Mit dem Fahrrad."

Ich verabschiedete mich und ging den langen, breiten Flur zum Ausgang. Da holte er mich zurück und sagte zum Ehepaar: „Der kann mit mir im Stadel schlafen."

„Wenn er das will. Zeig ihm halt den Stadel!", mischte sich der ältere Herr mit seinem geschwungen Oberlippenbart ein.

Der junge Mann ging mit mir um das Haus, führte mich in einen baufälligen, windschiefen Bretterschuppen unmittelbar am Misthaufen. Es war Gott sei Dank etwas altes Heu drin. Nach so vielen Enttäuschungen stimmte ich zu. Es stellte sich heraus, dass Emil – so hieß der junge Mann, nicht zur Familie gehörte sondern in den vergangenen Jahren die Kühe des kleinen Ortes auf der Alm gehütet hatte. Er war nicht aus der Gegend und wollte mit den hiesigen Menschen für paar Tage zusammen sein.

Ich lernte das Gastgeberpaar etwas näher kennen. Er war das Original des Dorfes: Klein von Figur. Sein Bauch verriet die Vorliebe zum Bier. Die knielange Lederhose, der Trachtenhut, sein Schnauzbart und der leichte Silberblick machten ihn zum meist fotografierten Bayern der Umgebung. Bevor die Fotoapparate klickten, hob er für die Urlaubsgäste das linke Bein leicht an, streckte den rechten Arm etwas angewinkelt gen Himmel, verstärkte seinen Silberblick durch Verdrehen seiner Augen und stieß in dieser Pose einen unverwechselbaren, juchzenden Schrei aus. Seine Frau schien seine geistige Stütze zu sein, zeigte kaum Gefühle und war eindeutig die Herrschende in der Zweierbeziehung. Ich ahnte, dass sie es längst aufgegeben hatte, ihren Mann aus der Rolle des Unikums zu befreien.

Die Filmleute

Ich hatte meinen Rucksack in den mehr nach Jauche als nach Heu riechenden Schuppen gebracht und etwas Abendbrot gegessen. Da sprach mich Sepp – so hieß das bayerische Original, in so einem Urbayerisch an, dass ich außer ein paar Wortfetzen wie Film, Wirtshaus und Bier nichts verstand. In diesem Moment kam Emil zu Hilfe:
„Er will dich zu einem Bier ins Wirtshaus einladen."
Ich ging mit, nicht etwa, weil ich großen Appetit auf ein Bier hatte sondern einzig und allein, um Sepp nicht zu enttäuschen. Was mag er bloß mit dem Film gemeint haben? Ich stellte keine Fragen. Die Antwort hätte ich sowieso nicht verstanden. Ich ließ mich überraschen.

Das Wirtshaus, kaum hundert Meter von Sepps Haus entfernt, war voller Leute. Bald fiel mir auf, dass hier nicht nur Einheimische ihr Bier trinken, sondern auch Künstlertypen zugegen waren. Mehrere kleine Gruppen, modisch gekleidet, führten an ihren Tischen angeregte Gespräche. Emil informierte mich:
„Die Leute sind Filmemacher."
„Was haben denn die hier zu tun?", fragte ich interessiert.
„Die drehen abends am Kaltenbrunner Bahnhof paar Szenen," erklärte er mir voller Stolz.
Ich hatte bisher mit der Filmerei nichts zu tun gehabt. Und das Kino? Kein ausgeprägtes Hobby meinerseits. Emils Augen suchten Sepp und nebenbei sagte er zu mir gewandt:
„Vielleicht können sie dich als Statist gebrauchen."
Sepp stellte mich einem Mann vor. War er ein Regieassistent oder ein Requisiteur? Ich weiß es nicht. Er sah mich von oben bis unten an.
„Morgen Abend um sechs am Bahnhof," war seine knappe Zusage.
„Wie lange dauert die Sache?", fragte ich Emil, ohne die geringste Ahnung zu haben.
Er konnte mir meine Frage präzise beantworten:

90

„Du musst dich für acht Stunden verpflichten und bekommst zwanzig Mark. Zehn Prozent Steuern ziehn sie dir ab."

Welch ein traumhaftes Angebot! Dieser Sonntag bescherte mir einen glücklichen Ausgang. Da kann ich meine knappe Kasse schön aufstocken. Während Sepp und Emil mehrere Halbe tranken, hatte ich dagegen Mühe, das erste Bier zu schaffen, das mir Sepp gespendet hatte. Er liebte sein Bier über alles. Das verriet mir sein genüssliches Lächeln um seine Lippen, sobald er das Glas anhob.

ca. 43 km

Montag, den 2.8.1954

Trotz des scheußlichen Geruchsgemisches aus Heu und Jauchen hatte ich gut geschlafen und nicht gefroren. Sepp und seine Frau luden mich zum Frühstück ein. Ich trank Milchkaffee und aß Brot dazu. Anschließend begab ich mich umgehend auf das Landratsamt nach Garmisch und beantragte den Reisepass.

„Wann darf ich den Pass abholen?", fragte ich die nette Beamtin etwas unsicher.

„In vierzehn Tagen."

„Da sind meine Ferien bald um. Kann ich ihn bitte eher haben?"

Sie sah mich erstaunt an und antwortete etwas widerwillig:

„Fragen Sie im Laufe der Woche mal nach."

Trotz der ungenauen Zusage habe ich nicht nachgehakt und fuhr umgehend zurück. Ich strampelte die lang gezogene Steigung bis Kaltenbrunn hoch, ohne ein einziges Mal abzusteigen. Anschließend half ich Sepp bei der Heuarbeit auf der steilen Wiese unterhalb Wamberg. Es war ausgesprochen heiß und ich schwitzte wie ein Schwein bei der für mich ungewohnten Tätigkeit.

Von der Bergwiese aus war ich in der Lage, den gesamten kleinen Ort mit dem Bahnhof zu überschauen und beobachtete, dass eine Szene mit Lieselotte Pulver gedreht wurde. Sie saß auf einer offenen Kutsche, die von einem Pferd gezogen wurde. Also kann es doch heute Abend was werden, dachte ich für mich. Sepps Frau lud mich zum Mittagessen ein, das natürlich für meinen unersättlichen Magen viel zu wenig war. Aber einem geschenkten Gaul schaut man nicht ins Maul.

Abends meldete ich mich pünktlich am Bahnhof. Die Kulissenbauer hatten ein kleines, offenes Holzhäuschen hingezaubert, in dem ein Sarg aufgebahrt war. Ich bekam eine österreichische Uniform und einen Karabiner. Zu Zweit mussten wir den Sarg bewachen. Wie verhält man sich als Soldat? Alles war neu für mich. Der Requisiteur musste mir erst zeigen, wie ich den Karabiner zu halten hatte.
„Warst du nie Soldat?", fragte er mich leicht vorwurfsvoll.
Ich schüttelte den Kopf und fühlte mich blamiert. Trotzdem schickte er mich nicht weg. Die Vorbereitungen zogen sich lange hin. Erst als es dunkel wurde, tauchten die Beleuchtungstechniker mit ihren Scheinwerfern und die Kameraleute auf. Zum Schluss mischte sich unter die vielen Leute eine junge, sehr hübsche Frau, dunkelhaarig mit ausgeglichenen Gesichtszügen. Ihre schlichte Kleidung und das kaum feststellbare Make-up unterstrichen ihre Natürlichkeit und erhöhten meine Zuneigung zu ihr. Weshalb hält sie sich so in meiner unmittelbaren Nähe auf? Ich kann ihr unmöglich sympathisch sein. Sonst hätte sie mich wenigstens eines Blickes gewürdigt. Anfangs nahm ich an, sie hätte wie ich eine Statistenrolle zu übernehmen. Bald kamen mir Zweifel. Die Filmleute kannten sie alle und unterhielten sich mit ihr. Wer mag das sein? Ich wagte niemand zu fragen. Ich wusste, ich bin ein Filmmuffel und wollte mich nicht blamieren.
Endlich beginnen die Proben, die vielen Einstellungen und Szenenwiederholungen! Die junge, attraktive Frau legte sich ein dunkles Tuch über ihren Kopf und stand trauernd vor dem Sarg. Als Sepp und andere Bauern der Umgebung ihn zur Überführung auf den Bahnsteig trugen, begleitete die trauernde, junge Dame tief gebeugt den Sarg. Die Aufnahmen dauerten mit vielen Unterbrechungen bis nach Mitternacht. Mir wurde erstmals klar, wie zeitaufwendig und zugleich unromantisch die Szene eines Films entsteht.

ca. 14km

Mit dem gestrigen Tag war ich rundum zufrieden. Ich hatte meinen Pass beantragt und die Wartezeit optimal genutzt. Auch heute durfte ich Sepp im Heu helfen und abends beim Filmen dabei sein. Inzwischen wusste ich mehr vom Film. Er heißt „Der letzte Sommer" mit Harald Braun als Regisseur und Hardy Krüger als Hauptdarsteller. Er spielt einen Revolutionär und ist getötet worden. Die junge Dame entpuppte sich als Nadja Tiller, die um ihn trauert. Ich war wiederum als Sargbewacher eingeteilt. Am letzten Drehtag straffte der Regisseur den Ablauf, wodurch ich nach 22 Uhr nicht mehr benötigt wurde. Ich bekam dennoch die vereinbarten 18 DM wie gestern. Jetzt hatte ich Gelegenheit, beim Drehen der letzten Szene alles genau zu beobachten. Sechs urige Bauern trugen den Sarg am bereitstehenden Zug entlang und hievten ihn in den geöffneten Waggon. Das Beleuchtungsteam variierte nicht nur die Lichteinstellung, sondern erzeugte in speziellen, flachen Behältern Rauch, den die Beleuchter als Nebelschwaden im Tal entlang ziehen ließen, hinten denen der abfahrende Zug im fahlen Licht verschwand. Zurück blieben wir mit nachdenklichen Gesichtern auf dem romantisch beleuchteten, nächtlichen Bahnhof.

Endlich Italien

Heute entschloss ich mich, auf dem Landratsamt in Garmisch nachzufragen, wann ich meinen Reisepass abholen dürfte.

„Bitte kommen Sie morgen Vormittag mal vorbei," war die nicht ganz zuverlässig klingende Antwort.

Ich half Lois, einem Nachbarn von Sepp im Heu. Die Arbeit auf der Wiese fiel mir leichter als bisher. Ich war kein blutiger Anfänger mehr. Das Essen gut und reichlich. Inzwischen hatte ich mich etwas erholt und freute mich, meine Radtour nach Italien hoffentlich bald fortsetzen zu können.

ca. 14km

Donnerstag, den 5.8.1954

Zwischenzeitlich brauchte ich nicht mehr in dem alten Bretterschuppen schlafen sondern war in eine richtige Scheune umgezogen und hatte auf dem frischen Heu sehr gut geschlafen. Wie es dazu kam? Emil, dem ich die vielen wunderbaren Erlebnisse der letzten Tage verdanke, ist gestern nach Hause gefahren. Daraufhin hatte mir das kinderlose Ehepaar Andreas und Anna Hibler im ersten Stock des gleichen Hauses ihre Scheune als Nachtlager angeboten. Mit Frau Hibler verband mich später eine einzigartige, vierzigjährige Freundschaft, bis sie 1994 im hundertsten Lebensjahr verstarb.

Um neun stand ich vor dem Landratsamt. Zu meiner außerordentlichen Überraschung händigte mir die Dame den Reisepass für eine Gebühr von zehn Mark aus. Ich musste gewissermaßen als Pfand meine Reisebescheinigung der DDR hinterlegen.

„Sobald Sie wieder nach Leipzig fahren wollen, erhalten Sie die Reisebescheinigung unter Abgabe des Reisepasses zurück," unterrichtete mich die Angestellte dienstbeflissen.

„Falls ich in einem Jahr nach Garmisch komme, darf ich dann meinen Reisepass wieder haben?"

„Selbstverständlich," versicherte mir die junge Frau im freundlichen Ton.

Der Reisepass weist mich als Bewohner von Kaltenbrunn aus und gilt zehn Jahre. Ich unterscheide mich in keiner Weise von einem Westdeutschen, falls man von meiner knappen Kasse absieht. Der Pass war für mich die erwünschte Eintrittskarte nach Italien. Die Sehnsucht der Deutschen, Italien kennen zu lernen, war nach dem langen Krieg sehr groß. Für DDR-Bürger erst recht, weil es offiziell keine Möglichkeit gab, die Mittelmeerländer zu bereisen. Mein nahezu krankhaftes Fernweh machte mich italiensüchtig, blind für Gefahren und überschätzte meine körperlichen Kräfte. Ich fragte mich, ob und wie ich das schaffen werde.

Ich bestieg mit dem Reisepass in der Tasche mein Fahrrad und fuhr, wiederum ohne abzusteigen, die lange Straßensteigung bis Kaltenbrunn durch. Bei Frau Hibler angekommen, schrieb ich schnell einen Brief nach Hause, um meinen Eltern das Neueste mitzuteilen. Danach packte ich die allerwichtigsten Sachen für Italien in meinen Affen. Das ist ein tornisterartiger Ranzen mit Affenfell, nicht zuzubinden wie ein Rucksack sondern mit Schnallen versehen. Den Rest deponierte ich bei Familie Hibler, um ihn bei der Rückfahrt abzuholen. Nach einem kurzen Imbiss verließ ich um zwölf Kaltenbrunn, überschritt bei Scharnitz die österreichische Grenze und kam problemlos in Innsbruck an. Die Zeit erlaubte es mir nicht, die Stadt anzusehen. Ohne eine Landkarte muss ich in der Stadt den richtigen Weg nach Süden finden. Nur gut, dass mir irgend jemand in Deutschland gesagt hatte, ich müsse über den Brenner fahren. Ich entdeckte an einer Kreuzung am Rande der Stadt einen sehr kleinen Wegweiser mit der Aufschrift „Brenner 395 km" und bekam einen Schock. Österreich kann bei Innsbruck unmöglich so eine große Nord-Süd-Ausdehnung haben! Ich versuchte, mir die Europakarte aus dem Erdkundeunterricht vorzustellen. Wie weit müsste es dann nach Venedig oder gar nach Rom sein, fragte ich mich. Da müsste ich meine Italienfahrt gewaltig abkürzen. Anfang September beginnt das erste Semester. All diese Gedanken gingen mir durch den Kopf. Trotzdem kehrte ich nicht um. An der nächsten Kreuzung las ich „Brenner 385 km". Was ist bloß los? Ich hielt unmittelbar unter dem Wegweiser an. Aus der Nähe entdeckte ich unter der leicht hoch gestellten 5 einen kleinen Punkt. Sollte es 38,5 km heißen? Das nächste Schild bestätigte meine Vermutung: „Brenner 38 km". Mein Enthusiasmus kannte keine Grenzen. Ich versuchte sogar, den langen, steilen Berg vom Inntal zur Brennerstraße hoch zu treten. Mit 48 Zähnen am Tretlager und 17 Zähnen am Hinterrad schaffte ich es nicht. Ohne Gangschaltung am Fahrrad war die Übersetzung von 2,8 zu groß.

Nach zwei Kilometern wurde die Steigung flacher und ich konnte wieder in den Sattel steigen. Ich teilte meine Kräfte ein und wählte für die gleichmäßige Steigung eine mittlere Geschwindigkeit. Am letzten Ort vor der Passhöhe befragte ich einen alten Tiroler nach der Entfernung und den Steigungen bis zum Sattel.

„Noch zwei Kilometer. Am Ende der steilen Rechtskurve bist du oben."

Als er hörte, was ich vorhabe, schüttelte er verständnislos den Kopf und murmelte:

„Die Menschen sind von einer Unruhe erfasst. Wer treibt sie nur nach Süden?"

Ich lächelte ihm ein kleines Dankeschön zu und trat weiter wie ein Verrückter in die Pedale. Der Wald begann sich zu lichten und die Bäume ragten nicht mehr so hoch in den Himmel. In der angekündigten, langgezogenen Rechtswindung sah ich drei Jugendliche ihre schwer bepackten Räder hochschieben. Ich näherte mich ihnen zwar langsam, aber stetig tief atmend und hatte vor, mit meinem Notgepäck an ihnen vorbei zu fahren und erst später abzusteigen, falls die Straße noch steiler werden sollte. Doch was entdeckte ich beim Überholen! Alle Räder der Marke Diamant, also eindeutig DDR-Fabrikate. Ich stieg ab und begann ganz vorsichtig ein Gespräch mit ihnen. Sie hatten vor, eine Schnuppertour durch Oberitalien zu unternehmen. Sie ahnten nicht, dass ihre Räder mir ihr Woher längst mitgeteilt hatten. Dagegen verriet mein Rad nicht, woher ich komme. Ich wagte den ersten Schritt und gestand, ich sei aus Leipzig. Sie schauten mich verdutzt an und glaubten es mir erst, als ich ihnen sagte, ihre Fahrradmarke zu kennen. Sie gaben zu, aus Dresden zu sein. Keiner von uns plauderte aus, wie er sich die Einreise nach Italien verschafft hatte.

Als ich die Brenner-Passhöhe von 1375 Meter erklommen hatte, gab es keinerlei Probleme bei der Einreise nach Italien. Weshalb auch? Wie sollte mich der Zoll als DDR-Bürger erkennen? Der Pass wies mich als westdeutscher Bürger aus. Und trotzdem überkam mich bei jeder Grenzüberschreitung ungewollt ein eigenartiges Gefühl der Unsicherheit, ertappt zu werden. Gleich im ersten Ort auf der italienischen Seite fand ich bei einem Bauern in der Scheune Quartier. Wenn ich mich recht erinnere, war es einer der ersten kleinen Bauernhöfe auf der linken Seite der Straße. Er gehörte wohl zu Sterzing. Der gastfreundliche, ältere Herr hieß Brunner. Ich war sehr dankbar, dass er mir vertraute, keine kritischen Fragen stellte, ob ich Raucher wäre und was ich vor hätte, obwohl ich ihm völlig fremd war. Bevor ich einschlief, ließ ich den Tag im Geiste vor meinen Augen vorüberziehen. Ich war sehr überrascht und dankbar, dass ich in einem halben Tag geschafft hatte, von Deutschland bis Italien zu radeln. Nahezu hundert Kilometer einschließlich eines Passes! Die vier radelfreien Tage von Sonntag bis Mittwoch haben mir anscheinend sehr gut getan. Mit einem tiefen Gefühl der Zufriedenheit, mit der Gewissheit, dass mich meine Eltern in Gedanken und im Gebet auf dieser außerordentlich großen Fahrt begleiten, schlief ich sehr schnell ein.

ca. 100 km

Gardasee – mein Etappenziel

Jeder Tag begann mit einem großen Fragezeichen. Wie weit werde ich heute kommen? Schaffe ich es, in einer Woche in Rom zu sein? Werde ich Neapel sehen? Mein Fernwehwahn kannte wiederum keine Grenzen. Ich darf keineswegs einen optimal verlaufenen halben Tag auf die Zukunft übertragen. Schon wieder geisterte meine unrealistisch weite Rückfahrroute über Frankreich in meinem Kopf herum. Sei realistisch und benutze deine Vernunft, forderte ich von mir. Anfang September beginnt das Studium. Ohne Landkarte kannst du keine Entfernungen ermitteln und keinen genauen Zeitplan aufstellen. Ich begann zu sinnieren. Der Stern, unter dem ich geboren wurde, scheint mir von all meinen Geschwistern ein auffallend extremes Schicksal zugedacht zu haben. Keiner von ihnen hat nachts im Schlaf vor lauter Heimwehschmerz das Kopfkissen nass geweint. Genau so wollte niemand von meinen Brüdern und Schwestern unter diesen harten, fast unmenschlichen Bedingungen in die Ferne ziehen.

Ich startete um sieben, ohne einen Bissen gegessen zu haben. Ich glaubte, die morgendliche Kühle und das Gefälle ließen mich den Gardasee mit wenig Energie erreichen. Die Realität enttäuschte mich. Ein starker, warmer Gegenwind neutralisierte das Gefälle. Die alte Straße nach Bozen war abschnittsweise nicht asphaltiert , besaß viele Kurven, sogar buckelartige Steigungen und darauf folgend starke, kurze mit Schotter belegte Gefällstrecken, wodurch meine Bremsen die Bewegungsenergie auffangen mussten.
Endlich holte ich einen Radfahrer auf einem modernen, leichten Sportrad ein. Der Mann schien etwa zwanzig oder gar dreißig Jahre älter zu sein als ich. Er hängte sich an mein Hinterrad und benutzte meinen Windschatten. Ich verlangsamte mein Tempo und hoffte, er übernehme die

Führung – vergeblich! Ich versuchte, ihn abzuhängen. Bei der nächsten Steigung holte er mich wieder ein durch seine Gangschaltung. Das Spiel währte annähernd eine Stunde. Es zehrte an meiner Kraft. Ich machte eine kleine Pause und kam mit ihm ins Gespräch.

„Ich bin das erste Mal in Italien. Und Sie?"

„ Ach nein – öfter. Einmal bin ich sogar bis Sizilien runter gekommen."

Er stellte fest, ich höre ihm konzentriert zu. Er weiter:

„Diesmal plane ich eine Tour durch Oberitalien. Mittel- und Süditalien sind mir zu weit und die große Hitze – zu strapaziös. Ich bleibe in Oberitalien und ruhe mich an der Adria aus."

Als er von meinen Plänen hörte, schlug er die Hände über dem Kopf zusammen, holte seine exzellente Straßenkarte raus und rechnete mir die enormen Entfernungen vor. Endlich bekomme ich eine konkrete Vorstellung von meinem Unternehmen! Ich konzentrierte mich auf die wichtigsten Städte bis Rom und wollte trotz Zeitnot den Abstecher nach Venedig nicht missen. Ich brachte es nicht fertig, mein erträumtes Ziel Neapel und die blaue Grotte auf Capri als südlichsten Punkt zu streichen. Auf der Karte erkannte ich, wie weit westlich Marseille von Genua liegt und dass der Rückweg durch das Rhonetal ein erheblicher Umweg ist. Ich wurde nachdenklich.

Für so viel wichtige Informationen bedankte ich mich und verabschiedete mich von ihm mit einem freudigen Servus. Ich stellte fest, er wollte nicht mehr so gehetzt weiter fahren. Für mich hatte es sich gelohnt, ihn in meinem Windschatten fahren zu lassen.

Die Hitze nahm zu. Der warme Wind trocknete meinen Körper mehr und mehr aus. Zwischen Bozen und Trient machte ich Mittag. Zum ersten Mal aß ich heute etwas. Es tat mir gut. Ich hielt kurz inne und bemerkte, dass sich die traumhaften Fernwehgedanken in mir verstärkten: Du solltest das Sehnsuchtsziel, Capri zu erleben, nicht aufgeben! Dagegen fragte mich die Vernunft: Werde ich in der Tat nur auf Capri glücklich sein? Weshalb muss ich meine Glückserwartung jeweils in die Zukunft verschieben? Ich darf auch im Jetzt

Glück empfinden, in Italien zu sein, den Radler mit seiner Straßenkarte getroffen zu haben.

Nach den gedanklichen Erwägungen strampelte ich weiter über Trient nach Rovereto und verließ das Etschtal westlich in Richtung Torbole. Ich musste den Bergrücken zwischen Etsch und Gardasee in unendlich vielen Serpentinen überwinden. Die Nachmittagshitze ließ lediglich unmerklich nach. Der lange Tag hatte meinen Körper deutlich ausgelaugt. Es kamen die ersten Zweifel auf. Die heutigen Anstrengungen nagten an meinen Fernwehwünschen. Werde ich Capri erleben? Die ewige Stadt Rom betreten? Der Himmel mag es wissen . . .

Meine Erschöpfung ließ mich nicht weiter radeln. Mit kraftlosen Beinen und gebeugtem Oberkörper schob ich mein Fahrrad. Meine Energie reichte nicht aus, um die mittelstarke Steigung zu ertreten. Ich kam mir vor wie ein fußmüder, ausgelaugter Wanderer, der die letzten Meter nicht mehr schafft. Nach jeder Kurve hoffte ich, die Wasserscheide überwunden zu haben – vergeblich. Capri lockte meine matten Beine auf zahllosen Kurvenwindungen energiezährend der Passhöhe entgegen, ohne zu ahnen, dass auch der Weg zum Ziel gehört. Das Gelände stieg, mit einer schiefen Ebene vergleichbar, stetig an und fiel erst kurz vor Torbole jäh zum See ab.

Mit welch einem großartigen Panorama wurde ich entschädigt. Ich ließ mein beglücktes Auge umherschweifen – der grandiose Gardasee, phantasievoll umrahmt von malerischen Bergen, deren Felswände an seinem Westufer nahezu senkrecht ins Wasser eintauchen. Die Straße ist tunnelartig in den Fels eingehauen worden. Das zauberhafte Städtchen Torbole an der Nordspitze des Sees liegt mir wie ein Kleinod zu meinen Füßen. Eine touristische Perle! Alles umgeben vom saftigen, subtropischen Grün, so weit das Auge reicht. Ich war überwältigt. Der Ausblick übertraf all meine Erwartungen und verdrängte die Qualen des heißen Tages. Schade, dass ich solch erhabene Augenblicke allein erlebe – ohne meine Freunde! Ich hatte ein starkes Bedürfnis, von Torbole eine Ansichtskarte zu kaufen, auch wenn ich mir deshalb ein halbes Kilo pane comune weniger besorgen kann. Die Verkäuferin sprach sogar deutsch. Ich wollte von ihr wissen:

„Gibt es hier ein Kloster zum Übernachten?"

Sie unterhielt sich mit ihrer Kollegin auf italienisch und beide begannen herzlich zu lachen. Was ist los, dachte ich im Stillen.

„Hier in Torbole haben wir kein Kloster. Aber in Malcesine ist ein Nonnenkloster."

Sie unterbrach sich und erwartete meine Reaktion. Das Wort Kloster ließ lediglich meinen Magen knurren und die Speichelproduktion aktivieren. Sie muss mir angesehen haben, ich habe nichts gegen das Nonnenkloster. Daher belehrte sie mich:

„Im Nonnenkloster können Sie nicht schlafen."

Erst jetzt hatte ich kapiert, was die zwei Damen so lustig fanden. Nämlich, dass ich nichts gegen ein Nonnenkloster habe.

Ich setzte meine Fahrt fort und hielt Ausschau nach einem Bauernhof, leider ohne Erfolg. Inzwischen war es spät geworden und die Sonne versteckte sich hinter den hohen Bergen. Ich glaubte, in der Abenddämmerung bis Malcesine zu kommen, ohne zu berücksichtigen, dass die südlichen Breiten die Dämmerungsphase kaum kennen. Ich besaß an meinem Fahrrad kein Licht, durfte demnach nicht weiter fahren. An der Straße standen kaum Häuser, meist etwas zurück gesetzt in die parkähnliche Landschaft eingestreut. Endlich kam mir auf der Straße eine kleine, alte Frau entgegen – zierlich, schlank mit gekrümmtem Rücken, wie ich es von fleißigen Landarbeiterinnen aus meiner Kindheit kannte. Sie müsste wissen, wie ich zum nächsten Bauern komme. Leider verstand sie kein Wort deutsch. Aber in ihrer Sensibilität fühlte sie, ich habe ein Anliegen. Inzwischen völlig dunkel, standen wir beide allein am Straßenrand unter Bäumen. Weit und breit kein Licht. Lediglich ihr helles, besorgtes Gesicht verriet mir, sie wolle mir helfen. Ihr Mitgefühl berührte mich. Ich versuchte, mich mit Gestik verständlich zu machen, indem ich meinen Kopf zur Seite neigte, ihn mit meiner Hand abstützte und gleichzeitig meine Augen schloss.

„Aha, dormire," lernte ich von ihr.

Sie hatte mich verstanden, dass ich schlafen möchte. Es setzte ein Wortschwall ein, von dem ich absolut nichts begriff. Ich versuchte es mit meinem sehr mageren Latein, indem ich Wörter rusticus, casa, asinus zusammenreihte, dass sie mir mit Bauer, Haus und Esel eine Landwirtschaft zeigen möchte.

Nach langem Hin und Her führte sie mich zu einem großen, stattlichen Haus. Es sah keineswegs wie ein Bauernhaus aus, eher wie eine Pension. Auf der beleuchteten Veranda saßen in gemütlicher Abendrunde lustige, kontaktfreudige Menschen. Leider verstand mich keiner, bis mich ein hochgewachsener Herr aus der Runde in Englisch ansprach. Er war vor Jahren nach Amerika ausgewandert und ist jetzt wieder in seine Heimat zurückgekehrt. Die Gastgeber luden mich zu einem kleinen Imbiss und einem Glas Wein ein und boten mir an, in ihrem Gästezimmer zu schlafen. Meine Englischkenntnisse reichten kaum aus, ihnen klar zu machen, dass ich lieber in einer Scheune schlafen wollte. Sie führten mich hinter das Haus. Vor einem offenen Nebengebäude lagen ein paar Ballen Stroh. Ich baute mir damit ein Schlaflager. Die Nacht war angenehm mild und lud ein, unter freiem Himmel zu ruhen. Dennoch hatte ich Schwierigkeiten einzuschlafen. Ich war überreizt. Der anstrengende Tag mit mehr als 160 gestrampelten Kilometern wirkte nach. Als ich minutenlang still auf dem Strohballen lag und auf das Einschlafen wartete, hörte ich Geräusche. Ich wusste, dass ich ungern in einer Umgebung schlafe, die ich im Hellen nicht inspiziert habe. Je ruhiger ich mich verhielt, um so deutlicher vernahm ich zunächst ein krabbelndes Geraschel, danach Zirpansätze, bis mich ein vielstimmiges, lautes und endloses Zirpkonzert umgab. Im schwachen Mondlicht erkannte ich die mir bisher unbekannten Zikaden. In der Gewissheit, dass sie mir nichts antun werden, wurden mir die Lider schwer und ich schlief bald ein.

ca. 185 km

Meine erste Klostererfahrung

Sonnabend, den 7.8.1954

Wegen der zu erwartenden Hitze brach ich noch vor sieben auf. Zuvor schrieb ich an Rosemarie die Ansichtskarte von Torbole. Ich genoss die einzigartige Uferlandschaft, das herrliche Ferienparadies – ein schmales, von hohen Bergen umgebenes Alpental, aufgefüllt mit sauberem Gebirgswasser, das sich erst ab Garda im Süden zur Poebene hin öffnet. Der Gardasee ist der größte See Italiens mit einer Nord-Süd-Ausdehnung von fünfzig Kilometer und den beliebten Urlaubsorten Torbole, Malcesine und Garda am Ostufer. In Peschiera ganz im Süden verabschiedete ich mich von ihm mit einem erfrischenden Bad und radelte über Verona und Vicenza nach Padua. Meine Hungergedanken radelten mit mir stets mit. Sie befahlen mir, am nächsten Kloster anzuhalten. Ich erbettelte mir zwei Semmeln. Was kann mich noch entlang meiner Tour ernähren? Mach an einem der vielen Maisfelder Pause, mahnte mich mein Hunger. Ich schloss mein Fahrrad an einem Pfahl an und verkroch mich zwischen den hohen Maispflanzen. Ich befreite einen der größten Maiskolben von den Deckblättern. Siehe da, die Körner im dicken Abschnitt des Kolben begannen bereits gelb zu werden! Ich löste den Kolben von der Pflanze und nagte die saftig süßen Maiskörner mit meinen Zähnen rundum ab. Zwei weitere Maiskolben mussten als willkommene Nachspeise nach den geschenkten Semmeln daran glauben.

In Padua brauchte ich eine Bleibe und fragte nach einem padre convento, einem Mönchskloster. Ein Kapuziner öffnete und holte einen Mitbruder, der deutsch sprach.

„Wir haben kein Gästezimmer. Das Kloster wurde von Deutschen bombardiert," erklärte er mir unzweideutig.

„Ich brauche kein Gästezimmer, nur eine Schlafgelegenheit," versuchte ich, meinen bescheidenen Wunsch zu konkretisieren. Obwohl ich einen asketischen Eindruck auf ihn machte, lag es nicht in seinem Ermessen, mein Schlafbegehren zu erfüllen. Er lud mich dafür sehr einfühlsam zu einem feudalen Abendessen ein. Trotz der äußerst kleinen Notizflächen verrät das Tagebuch, was es gab: Wein, Suppe, Brot, Fleisch, Gemüse, Obst.

Bald kamen zwei äußerst mitfühlende, junge Männer und brachten mich in ein Übernachtungshaus für Obdachlose. Sie versuchten, sich mit mir über das Ziel und den Sinn meiner beschwerlichen Reise zu unterhalten. Sie sprachen weder Englisch noch Deutsch und zählten alle möglichen Wallfahrtsorte auf. Womöglich wollten sie wissen, ob ich mein ungewöhnliches Vorhaben als Wallfahrt verstehe. Nach meiner inneren strengen Einstellung wollte ich mein Vorhaben als Wallfahrt nicht völlig bejahen; denn anfangs trieb mich meine unendliche Sehnsucht und das elementare Fernweh nach Italien. Sie sind Nährboden meines Glücksgefühls, wodurch der Heimwehschmerz nach meiner verlorenen Heimat nach und nach zu verblassen beginnt. Auch hier spüre ich die Ohnmacht des Wortes, um mein innerstes Lebensgefühl hinreichend auszudrücken.

Je länger ich auf meiner entbehrungsreichen Fahrt allein bin, um so mehr klammerte ich mich an ein Urvertrauen, das ich am besten mit Gottvertrauen umschreiben kann. Je mehr ich mich Rom näherte, um so öfter musste ich an den Brief meiner Mutter mit der Reiseerlaubnis denken. Darin schrieb sie unter anderem den Satz:

„Vergiss nicht im Petersdom für unsere Familie zu beten, besonders für unsere kranke Lenchen!"

Nun wieder zurück zu den zwei selbstlosen, jungen Männern, die für mich im Übernachtungshaus ein zweites Abendbrot organisierten. Ich zahlte für Essen und Schlafen 100 Lire. Das waren 66 Pfennige. Ob sie für mich zugezahlt haben? Ich weiß es nicht. Der heutige Tag strengte mich nicht so an. Es gab kaum Steigungen und keinen Gegenwind. Mit einem aufrichtigen Dank an die guten Menschen, die mir so uneigennützig geholfen haben, schlief ich ein.

ca. 169 km

Poebene – höllische Hitze

In dem sehr bescheidenen Übernachtungshaus kam am frühen Morgen Unruhe auf. Ich verließ es und besuchte kurz nach fünf den Sonntagsgottesdienst im Kloster. Nach dem Frühstück deponierte ich mein Gepäck im gleichen Haus und fuhr mit meinem Fahrrad nach Venedig. Die Lagunenstadt lockte mich verführerisch zu sich hin, mit den vielen Palästen, den unzähligen Kanälen, umspült vom Blau der Adria. Nach etwa zwei Stunden stand ich vor dem Canal Grande. Sollte ich mein Fahrrad auf dem Autoparkplatz abstellen oder mitnehmen? Ich hatte keine Vorstellung, wie groß Venedig ist. Ich entschied, es mitzunehmen. Ich schob es über die Fußgängerbrücke und wollte danach durch die engen Straßen fahren, falls sie nicht gerade mit Menschen vollgestopft sind. Nach wenigen Minuten wiesen mich die Venezianer mit eindeutigen Gesten darauf hin, dass Fahrradfahren nicht erlaubt sei. Ich schob es brav nebenher und wich auf die kleinen Brücken aus, sobald mir ein Kanal den Weg versperrte. Mein Ziel war der Markusplatz. Ich fragte mich im Straßengeflecht nach ihm durch. Canal Grande versperrte mir den Weg. Keine Brücke in Sicht! Endlich durfte ich mir eine Gondel leisten. Zu meinem Erstaunen verlangte der Gondoliere keinen Extrapreis für das Fahrrad. Erregte ich so viel Mitleid mit meinem alten Schinken? Nein, keineswegs. Er besaß lediglich Personentickets und keinen Schein für Fahrradbeförderung.

Ich fiel mit meinem Rad zunehmend auf, erst recht auf dem Markusplatz. Ich stellte es gegenüber dem Campanile am Dogenpalast ab, genoss das Treiben vor der Markuskirche und beobachtete mit Vorliebe die Tauben, wie sie sich zutraulich von den Touristen füttern ließen. In meiner schlesischen Heimat gehörten Tauben zu meinen Lieblingstieren. Ich könnte sie stundenlang beobachten und erlebe so für einige Augenblicke einen Zustand ungetrübten Glückes. Die paradiesischen Kindheitserinnerungen überlagerten sich vor der Markuskirche mit der erfüllten Sehnsucht, Venedig unmittelbar zu erleben. Das sonnige Wetter unterstützte mein Wohlgefühl.

Ich schloss mich Führungen durch die Markuskirche an und schaute beim Übergang zum Dogenpalast nach meinem Fahrrad. Oh Gott, es war weg! Welch ein Verhängnis. Ich hatte es doch abgeschlossen! Es muss unweit weggetragen worden sein, schlussfolgerte ich. Das heißt, es ist hier in der Nähe. Ich suchte die Umgebung ab. Vergeblich. Ich ging in die angrenzenden Räume, Büros, Geschäfte und fragte nach einem Fahrrad. Die Türen standen überall offen. Zu guter Letzt hatte ich Erfolg. Eine Angestellte eines offiziellen Büros führte mich in einen Nebenraum und übergab mir mein Fahrrad mit dem Hinweis, es sei nicht erlaubt, an historischen Gebäuden Fahrräder abzustellen. Das sah ich widerspruchslos ein.

Wohin mit dem Fahrrad? Ich schob es an der Mole entlang in Richtung Canal Grande und entdeckte hinter der Markusbibliothek einen schönen, parkähnlichen Garten, umgeben von einem hohen schmiedeeisernen Zaun. Ich schloss es an einen der dicken Stäbe an, damit es nicht weggetragen werden kann. Etwas unruhig eilte ich in den Dogenpalast und bestaunte die riesigen Gemälde von Tintoretto und Veronese, zwischenzeitlich nachschauend, ob sich mein Fahrrad noch gegenüber der schönen Kuppelkirche Santa della Salute am dicken Eisenstab angeschlossen befand. Für den Rückweg benutzte ich die älteste Brücke über den Canal Grande, nämlich Ponte di Rialto mit den überdachten Kaufflächen zu beiden Seiten des Brückenbogens. So sparte ich mir das Geld für die Gondel.

Gegen zwölf traf ich in Padua ein und erhielt ein gutes Mittagsessen im Kloster. Es gab unter anderem Fleisch, Wurst und Gemüse. Die Aufbewahrung gab mir mein Gepäck zurück und ich radelte bei extremer Mittagshitze etwa fünfzig Kilometer bis Rovigo. Die Sonne verwandelte die Poebene in einen Backofen. Die Windstille und der aufgeheizte Asphalt machten das Radfahren zur Hölle. Die flimmernde Wärme der

Teerdecke trocknete meinen Körper aus. Auf der Straße begegneten mir nur wenige Italiener. Einer von ihnen quittierte meinen verbissenen Ehrgeiz mit einem mitleidsvollen Lächeln, ein weiterer schüttelte verständnislos seinen Kopf.

In der Nähe von Rovigo – die Etsch hatte ich bereits überquert, machte ich Halt an einem großem Landgut. Ohne Wenn und Aber durfte ich in einer Scheune übernachten. In der Tenne lag kein Stroh. Daher entschloss ich mich, auf einem mit Stroh beladenen Wagen zu schlafen, der in der Scheune stand. Es kamen eine Menge Kinder, für die ich eine kleine Sensation darstellte. Wir hatten miteinander viel Spaß. Sie lehrten mich italienisch und zeigten dabei viel Geduld. Gegen Abend nahmen sie mich mit in einen großen, fensterlosen Wohnraum, in dessen Mitte ein sehr langer Tisch stand. Die Einrichtung wirkte auf mich sehr einfach, fast spartanisch. Ein Oberlicht erhellte notdürftig den riesig langen Tisch, um den sich viele Frauen, Männer und Kinder scharten. Sie luden mich zum Abendbrot ein. Jeder erhielt eine Schüssel Milchkaffee, in die er das pane commune, ein fladenartiges Maisbrot hinein brockte. Ich fühlte mich unter den Kindern mit den frohen Gesichtern recht wohl. Dagegen stimmten mich die von der Feldarbeit gezeichneten Erwachsenen nachdenklich. Es schien mir eine Gemeinschaft mehrerer Familien zu sein, die sich auf dem enorm großen Gut ihr Brot hart verdiente. Der heiße Tag hatte meinen Körper ausgetrocknet, das Radfahren den Magen hungrig gemacht. Mir schmeckte nach der Hitze das kalte, suppenartige Essen vorzüglich. Gleichzeitig wurde mir bewusst, wie kärglich die Landarbeiter leben und mir dennoch eine liebevolle Gastfreundschaft entgegen brachten.

ca. 133 km

Der Klosterbruder

Der Tag versprach wiederum heiß zu werden. Ich setzte meine Fahrt frühestmöglich fort. In Ferrara fragte ich einen Priester auf der Straße nach einem patre convento. Um ein paar Straßenecken führte er mich auf eine Steintreppe hoch. Ich läutete an der Klosterpforte. Ein Klosterbruder, recht klein und äußerlich unauffällig, begleitete mich in einen gastlichen Vorraum. Ich trug ihm mein Anliegen vor:
„Becicletta, Passo della Futa, mangiare."
Ich wollte damit sagen, dass das Fahrradfahren zum Futapass hoch mich hungrig mache, wobei ich meine italienischen Wortfetzen mit entsprechenden Gestiken unterstützte. Der Priester hatte mich auf dem Wege zum Kloster aufgeklärt, ich müsse auf der Straße nach Florenz den Kräfte zehrenden Futapass überwinden. Der Mönch verstand mich sofort, verschwand für einen kurzen Augenblick und kehrte mit einer vollen Schüssel Milchkaffee mit Maisbrot darin zurück. Ich aß alles mit gierigem Hunger auf, zumal ich bereits über dreißig Kilometer gefahren war, ohne einen Bissen zu mir genommen zu haben. Vor der leeren Schüssel blieb ich einige Minuten sitzen mit einem weiterhin hungrigen Gefühl, als ob mein Magen nichts bekommen hätte. Da erschien der sympathische Klosterbruder in der Tür und sprach mich an. Ohne ein Wort verstanden zu haben, ging ich mit dem leeren Napf auf ihn zu und gab ihn durch Mimik und Gestik zu verstehen, er möge mir die gleiche Portion nochmals bringen. Er verschwand, ohne ein Wort zu sagen, im Türrahmen, meinen Napf verständnislos hin- und herbewegend.
Ich wartete und wartete. Bald wollte ich ohne tante grazie das Kloster verlassen. Da erschien er mit einer zweiten Terrine, nicht ganz so gefüllt wie zuvor und stellte sie mir auf den Tisch. Ich aß sie genau so hungrig wie die erste leer. Unmittelbar danach holte er die leere Schüssel ab mit dem unzweifelhaften Hinweis, ich habe sein Frühstück gegessen.

Mit einem starken Gefühl der Betroffenheit verließ ich das Kloster. Im Weiterfahren fiel mir ein, dass mir im Kloster Beuron trotz meiner Bitte kein Nachschlag gewährt wurde. Es scheint also üblich zu sein, dass selbst der gefräßigste Bettler nicht dem Nächsten das Essen wegnehmen darf.

Das Pfirsichbäumchen

Bis Bologna ereignete sich nichts Bemerkenswertes. Die Mittagszeit nahte. Ich zog es vor, die Klöster dieser Stadt nicht anzubetteln. Die morgendliche Blamage steckte mir zu tief in den Knochen. Südlich von Bologna hielt ich Ausschau nach einem Plätzchen für die Mittagspause. Eine Hügel- und Obstlandschaft löste die Poebene ab mit ihren großen, fruchtbaren Landwirtschaftsflächen. Auf der linken Seite der Straße entdeckte ich an einem Hang oberhalb einer nicht all zu hohen Stützmauer ein kleines, noch jungfräuliches Pfirsichbäumchen mit drei goldgelben, rotbackigen Früchten. Der Strauch mit seinen sonnengereiften Früchten schmückte den nicht allzu großen Wiesenhang wenig oberhalb der leicht gebogenen Stützmauer. So ein paradiesisch sonniges Plätzchen, harmonisch eingerahmt von niederem Strauchwerk. Ich meinte, es sind die ersten Früchte, die das junge Bäumchen trug. Ich radelte auf der leicht ansteigenden Straße um die Linkskurve und stellte mein Fahrrad unauffällig im Gebüsch des Straßenrandes ab. Das schattige Plätzchen lud zur Mittagspause ein. Ich aß mein Maisbrot mit Margarine belegt und trank wie üblich Wasser aus meiner Feldflasche dazu. Danach machte ich einen kleinen Spaziergang auf der wenig befahrenen Straße und besuchte das Pfirsichbäumchen. Ich kletterte ohne Schwierigkeit die Stützmauer hoch, pflückte lediglich einen Pfirsich, um dem Strauch nicht weh zu tun und kehrte zum Fahrrad zurück. Die saftige Frucht schmeckte vorzüglich als Nachtisch zu dem doch recht trockenen Maisbrot. Mein Selbsterhaltungstrieb gab schließlich erst dann Ruhe, als er auch den letzten Pfirsich dem Bäumchen gestohlen hatte. Wegen der Mittagshitze pausierte ich erstmals länger als eine Stunde und schlief sogar im Schatten der Büsche ein. Mein Schlafbedürfnis überwand auch mein schlechtes Gewissen, dem lieben Pfirsichbäumchen seine Früchte entwendet zu haben.

Passo della Futa – ein mir unbekannter Pass

Die Mittagsruhe tat mir sehr gut. Mit frischer Energie strampelte ich dem Apenningebirge entgegen. Anfangs zeigte es sich schemenhaft in verschwommenen Konturen. Je mehr ich mich ihm näherte, um so mehr Respekt bekam ich vor dem ansehnlich hohen Mittelgebirge. Ich hatte es aus dem Erdkundeunterricht als flachen Gebirgszug in Erinnerung, ohne Passhöhe und anstrengenden Steigungen. Deshalb verstand ich anfangs den Priester in Ferrara nicht, als er vom Passo della Futa so respektvoll sprach. Die Straße schlängelte sich von wenigen Metern über Null in der Poebene bis über neunhundert Meter dem Pass entgegen. Ich probierte anfangs, die flachen Steigungen zu fahren. Ich hatte großes Glück, als mich ein kleiner Lastwagen schwer beladen quälend langsam überholte. Ich erwischte mit meinem linken Arm seinen flachen Kastenaufbau und ließ mich kilometerweit hochziehen. Trotz großer Zugbelastung und Armschmerzen ließ ich erst los, als das Auto von der Straße abzweigte.

Das Landschaftsbild wandelte sich. Das Buschwerk fehlte völlig. Die Hügel kahl, lediglich mit einer kargen Grasnarbe bewachsen und es wehte ein kalter Wind über die dünn besiedelten Bergrücken. Die Sonne ging unter und ich hatte mich rechtzeitig um ein Nachtquartier zu kümmern. Weit und breit kein Anzeichen einer Ansiedlung! Ich trat kräftig in die Pedale, kam jedoch wegen des starken Gegenwindes kaum schneller voran. Nach jeder Anhöhe hoffte ich, Häuser zu entdecken – vergeblich! Nach vielen Kilometern sah ich vereinzelt alte Frauen und Männer in Arbeitskleidung in meiner Richtung gehen, zum Teil in Begleitung eines Esels oder Hundes. Ich schöpfte Hoffnung. Nach einer Gefällstrecke tauchte an einem Berghang ein Bauerndorf auf. Es hieß Raticosa. Gleich beim ersten Anklopfen wurde mir Herberge gewährt. Obwohl es inzwischen dunkel geworden war, schenkten mir diese einfachen, ärmlichen Menschen Vertrauen. Sie luden mich Fremden in ihr Haus zum Abendbrot ein und reichten mir Brot, Wurst und Speck. Das Haus, rechts an den Hang gebaut, erschien durch seine Lage schmal und hoch. Schlafen durfte ich in der Scheune, die sich auf der linken Straßenseite im rechten Winkel zum Haus befand. Obwohl ich das Gehöft nach sechzig Jahren so genau beschrieben habe, bin ich dennoch unsicher, ob ich es wiederfinden könnte.

Nach dem Abendbrot suchte ich die Scheune auf. Das riesige Scheunentor war weit geöffnet und im Einfahrbereich ein großer Strohhaufen aufgetürmt. Ich suchte mir auf dem Haufen ein Nachtlager. Plötzlich stolperte ich über einen Körper, fiel hin und erschrak entsetzlich. Da ist eine Leiche! Befindet sich der Mörder in der Nähe? Bin ich in eine Falle getappt? All diese Fragen gingen mir blitzschnell durch den Kopf. Wohl deshalb, weil ich als zwölfjähriger Bub im einsamen Wald tatsächlich mal allein einer Leiche gegenüber stand. – Nein, der menschliche Körper bewegte sich, drehte sich auf die Seite und schlief weiter. Offenbar hatte ich Schlafgesellschaft. Ob es noch mehr solche Schlafgesellen in der Scheune gibt? Etwas misstrauisch holte ich mein Gepäck, zog mir wie üblich den Trainingsanzug und die dicken Schlafsocken an, wickelte mich in die Decke und legte mich nur wenige Meter abseits von meinem Schlafkumpanen ins Stroh. Wie bereits am Gardasee so überkam mich auch hier ein Gefühl der Unsicherheit, in einem Umfeld zu schlafen, das ich mir zuvor im Hellen nicht ansehen konnte. Ich benutzte wie immer meinen Affen als Kopfkissen, ließ kurz den Tag dankbar Revue passieren, bis mich der Schlaf übermannte.

ca. 148 km

Endlich nicht allein

Als ich morgens im Stroh erwachte, kam mir sofort die Frage in den Sinn, wer mit mir die Scheune geteilt haben könnte. Ich entdeckte niemanden. Hatte der Unbekannte nur seinen Rausch ausgeschlafen, war er vor Morgendämmerung nach Hause gegangen oder ist er bereits bei der Feldarbeit? Das fragte ich mich und setzte recht früh meine Fahrt nach Rom fort in der Absicht, vor der Mittagshitze gut voranzukommen. In der ersten Stunde ließ ich den Futapass hinter mir. Es fiel mir hier oben keine extreme Steigung vor der Wasserscheide zwischen den Flüssen Po und Arno auf. Ich genoss das lang gezogene Straßengefälle und den weiten Blick über das Arnotal mit aufgelockertem Baumbestand, bis endlich im Talgrund Florenz auftauchte, die Hauptstadt von der Toskana. Leider nahm ich mir keine Zeit, die schöne, historische Stadt anzusehen. Selbst an Michelangelos David habe ich keine längere Pause gemacht. Dagegen ließ mich mein Hunger am Kloster nicht vorüber. Der selbstlose Klosterbruder gab mir Brot mit Fisch. Unweit nach der Stadt hielt ich Mittagsschlaf, der mir wie gestern sehr gut tat.

Mit ausgeruhtem Körper und Elan ging ich die Nachmittagsetappe an. Während meiner langen Tour fiel mir auf, dass zwar Radrenner mich öfter bei ihrem Training überholten, dagegen kaum Radfahrer mit Gepäck. Ich indess fuhr in den vergangenen Tagen mit meinem Leichtgepäck wiederholt an einem blonden, jungen Mann vorüber, der sich mit zwei Radtaschen und schwerem Rucksack abmühte. Heute holte ich ihn wiederum auf dem Wege nach Siena ein und sprach ihn an:

„Servus, willst du auch nach Rom?"

„ Das habe ich zumindest vor," gab er zurückhaltend an.

„Das ist gut. Da können wir zusammen fahren, wenn du willst," schlug ich vor.

„Na ja – mit meinem Gepäck bin ich nicht so schnell," erklärte er mir aufrichtig.

„Macht nichts. Wir werden uns schon einig," versicherte ich ihm.

Oswald – so stellte er sich vor, kommt aus der Umgebung von Bayreuth und fuhr in der abendlichen Kühle länger, wodurch er etwa die gleichen Tagesetappen schaffte wie ich. Gegen Abend kamen wir in Siena an und luden uns ohne große Zurückhaltung hier zum Abendbrot ins Kloster ein. Oswald besaß zwar ein kleines Zelt. Wir zogen es jedoch vor, wenige Kilometer nach Siena bei einem Bauern zu schlafen.

ca. 120 km

Rom in Sicht

Mittwoch, den 11.8.1954

Ich war sehr froh, nicht mehr allein zu sein und Rom mit Oswald erleben zu dürfen. Als wir gen Süden losfuhren, erschien uns die Landschaft karger und nicht mehr so grün. Die mediterrane Sonne hatte den Boden ausgetrocknet. Am späten Nachmittag kamen wir in Aquapendente an und fragten nach einem Kloster. Eigenartigerweise wurden wir in ein Krankenhaus geschickt. Vielleicht hatte ein Orden die Trägerschaft übernommen. Wir erhielten eine warme Suppe und waren dafür nicht minder dankbar.

Einige Kilometer nach Aquapendente verwandelte sich die gesamte Umgebung in ein üppiges, saftiges Grün. Was ist die Ursache? Wir glaubten, wir kämen in eine Oase und täuschten uns nicht. Hinter den Gärten, Feldern und Obstplantagen tauchte urplötzlich ein großer See auf. Wir befanden uns am Lago di Bolsena. Obwohl wir bisher kaum hundert Kilometer geradelt waren, sind wir nicht weiter gefahren. Zum einen gefiel es uns hier sehr gut. Zum anderen wollten wir nicht zu nahe vor Rom übernachten. Wir schliefen wiederum bei einem Bauern.

ca. 93 km

Donnerstag, den 12.8.1954

Endlich unsere letzte Etappe nach Rom! Keineswegs mehr als 150 Kilometer und dennoch saßen wir bereits vor sieben im Sattel. Weshalb? Wir wollten unbedingt früh in der Ewigen Stadt ankommen, damit wir genügend Zeit haben, ein Quartier zu finden. In Viterbo klopften wir an einer Klosterpforte an. Die Mönche spendierten uns Kartoffeln mit Tomaten, dazu sogar Wein. Wir meinten, die Klöster im Süden seien großzügiger als in der Poebene. Woran liegt es? Gibt es hier mehr Arme, auf die sich die Mönche einstellen oder sind die hiesigen Klöster wohlhabender als im Norden, fragten wir uns.

115

Unterwegs kauften wir uns für dreißig Lire Pfirsiche. Wir bekamen dafür so viel, dass wir sie kaum aufessen konnten.

Das Gelände erschien uns nicht mehr so bergig wie am Vortag. Wir kamen gut voran und die Stadt kündigte sich von weitem am Horizont an. Von den Ausläufern des nördlichen Hügellandes wollte ich die Sieben Hügel ausfindig machen, auf denen Rom erbaut sein soll. In meiner Phantasie stellte ich mir vor, ich könnte sie abzählen. In Wirklichkeit erscheint das bebaute Gebiet recht flach mit einigen wellenartigen Hügeln. In der Stadt angekommen, nahmen wir uns den Petersdom ins Visier. Oswald kannte die Adresse des vatikanischen Pilgerbüros, das preiswerte Übernachtungen vermittelt. Alle erklärten uns den Weg dorthin mit einer temperamentvollen Gestik, einem Schwall von Worten und das alles auf italienisch. Wir bedankten uns mit tante grazie und nahmen die Suche nach deren Armbewegungen auf – jedes Mal erfolglos. In dieser Weltstadt müsste doch jemand deutsch oder wenigstens englisch verstehen, dachten wir. Das Glück war leider nicht auf unserer Seite. Zu guter Letzt fragten wir einen Verkehrspolizisten.

„Prima strada sinistra, secondo strada destra," gab er knapp und für uns sogar verständlich zur Antwort.

Wir bogen die erste Straße links, die zweite Straße rechts ein und standen in wenigen Minuten im Büro. Die freundliche Dame sprach deutsch und machte uns einige Angebote. Unter anderen empfahl sie uns eine Jugendherberge. Sie sei zwar außerhalb der Stadt, koste aber lediglich 240 Lire.

„Die Entfernung ist nicht das Problem. Wir haben Fahrräder. Aber leider haben wir wenig Geld. Die Übernachtung ist uns zu teuer," erklärte ich ihr mit um Verständnis bittender Miene, obwohl mir bewusst war, dass ihr Angebot für römische Verhältnisse äußerst attraktiv ist. Ich wagte ihr nicht zu erklären, ich käme aus Ostdeutschland und müsste das DDR-Geld sehr ungünstig tauschen. Meine bisherige Erfahrung lehrte mich, dass die Italiener recht wenig über die wahren Verhältnisse des geteilten Deutschland wissen.

Ein mitfühlender Priester

Glücklicherweise sah sie meinem Gesichtsausdruck an, ich sei ein echter Fall. Sie schickte uns unweit zu einer anderen Stelle. Ein Priester sprach mit uns und gab uns einen Zettel mit. Wir sollten uns im Studentenwohnheim der Via Appia Antica melden. Überglücklich verließen wir sein Büro und radelten einige Kilometer gen Südosten am Forum Romanum und Kolosseum vorbei und standen bald vor einem großen, mehrgeschossigen Bau, dahinter eine weiträumige Gartenanlage. Der Eingang befand sich auf der rückwärtigen Seite des Hauses. Wir gaben den Zettel ab und durften für drei Tage im Studentenwohnheim Abendbrot essen und in einer großen Baracke auf Feldbetten schlafen. Die Baracke diente zugleich den Arbeitern des Gärtnereibetriebes als Schlafstelle und befand sich auf dessen Gelände. Zum Abendbrot erhielten wir Fisch und Brot. Die Verpflegung und Übernachtung haben uns für die drei Tage keinen Pfennig gekostet – sehr großzügig.

Der heutige Tag lehrte uns, man dürfe in Rom nie den Mut verlieren. Nach zwei Stunden des Fragens und Umherirrens am Petersplatz hatten wir es bald aufgegeben, ein Schlafplätzchen zu finden. Wo sollten auch die vielen Touristen untergebracht werden? Uns wurde erst im Nachhinein bewusst, dass in der sonst überfüllten Baracke nur deshalb ein paar Feldbetten frei waren, weil einige Arbeiter bis Maria Himmelfahrt , also bis Sonntag Urlaub genommen hatten. Um so zufriedener und dankbarer schliefen wir abends ein.

ca. 142 km

Stadtbesichtigungen

Freitag, den 13.8.1954

Wir waren am Ziel unserer langen Radtour. Trotz Hitze, Durst und Hunger ging alles sehr gut. Die Klöster unterstützten uns wiederholt und schonten unseren Geldbeutel uneigennützig. Wir gönnten uns zwei Ruhetage und schauten uns die Stadt an. Um eine Auswahl der Sehenswürdigkeiten zu treffen, holten wir uns bei einem Reisebüro einen Prospekt. Wir sahen uns in der Hauptsache Kirchen an. Museen verlangten Eintritt. Daher schieden sie aus. Zuerst besuchten wir den Petersdom und leisteten uns sogar eine Dachbesteigung. Im Dom selbst habe ich nach dem Eingang rechts sehr deutlich Michelangelos Pieta in Erinnerung. Es ist ein Kommen und Gehen in der riesigen Kirche. Dennoch finden Besucher ruhige Nischen zum Beten und Nachdenken.

Vom Dach des Petersdoms hatten wir einen einmaligen Rundblick über die Stadt, sahen von oben in die Vatikanischen Gärten hinein und legten uns eine Besichtigungsroute fest. Wir begannen beim Garibaldidenkmal. Garibaldi war mir aus dem Geschichtsunterricht als italienischer Freiheitskämpfer in guter Erinnerung. Wir überquerten den Tiber und besichtigten die einzig größere gotische Kirche Santa Maria sopra Minerva und wandten uns dem antiken Rom zu: Capitolium, Forum Romanum und Kolosseum. Als Abschluss besuchten wir die Kirche San Pietro in Vincoli und schlossen uns einer Führung an. Wir erfuhren, dass die sitzende Figur mit dem ausdrucksvollen Gesicht Moses darstellt, geschaffen von Michelangelo.

Via Appia Antica und das Liebespaar

Sonnabend, den 14.8.1954
Seit Tagen schmerzte mein rechtes Handgelenk. Der Schmerz
ließ trotz der Ruhepause nicht nach. Ich hatte im Kindesalter
meine Hand verstaucht. Seitdem ist das Gelenk nie
vollkommen ausgeheilt und entzündet sich alle paar Jahre
erneut, jetzt sicherlich durch das wochenlange Abstützen der
Hand auf dem Lenker. Die Schwachstelle Handgelenk zwang
mich, meinen Plan, Neapel und Capri zu besuchen, neu zu
überdenken. Ein Wegweiser südlich von Rom verriet – Napoli
245 km. Eine enorme Entfernung! Für Hin- und Rückfahrt
sowie Besichtigung hätte mir das Zeitdiktat maximal drei Tage
zugestanden. Ist das überhaupt zu schaffen? Reicht mein
knappes Geld für die Überfahrt nach Capri, ohne die eiserne
Reserve – die 36 DM für die Statistenrolle – anzuknappern?,
fragte ich mich. Selbst ohne Oswald und unter optimalen
Bedingungen wäre es ohnehin eine Hetzjagd geworden. Ich
gab mein Sehnsuchtsziel auf – ein Sieg der Vernunft.

Wir schauten uns heute San Giovanni in Laterano, die
Lateranbasilika an. Das ist die Bischofskirche des Papstes und
gehört, obwohl exterritorial, zur Vatikanstadt. Man empfahl
uns, den nach dem zweiten Weltkrieg sehr modern und
richtungsweisend erbauten Hauptbahnhof anzusehen. Er gefiel
uns ausgezeichnet durch seine leichte und helle Bauweise, aus
viel Stahl und Glas erbaut. Von hier aus radelten wir wieder in
die Altstadt zum Pantheon, einem Göttertempel aus dem
zweiten Jahrhundert. Der Kuppelbau wurde Anfang des siebten
Jahrhunderts zu einer christlichen Kirche geweiht. Um die
Mittagszeit entspannten wir uns auf der Piazza Navona. An
dem Springbrunnen tummelten sich Touristen aus der ganzen
Welt – plaudernd, singend oder einfach nichtstuend.

Nachmittags fuhr ich ohne Oswald nach Castel Gandolfo, um
an einer Papstaudienz teilzunehmen. Ich radelte auf der
historisch schönen Via Appia Antica in Richtung Neapel. Ihr

Baubeginn reicht ins vierte Jahrhundert vor Christus zurück. Sie ist für den Autoverkehr gesperrt und schlängelt sich unbegradigt schmal, mit unbehauenen Steinen aus der Gegend befestigt, den Albaner Bergen entgegen, eingebettet in eine Graslandschaft, dekoriert mit Pinien, Zypressen und Wacholdersträuchern. Hier begegnete ich einem Liebespärchen, das sich in der romantisch anmutenden Landschaft, in der Ruhe und Zweisamkeit zeitlos glücklich fühlte. Ich hielt für einige Momente inne in dem mir gut tuenden Ambiente und war gedanklich auf Capri. Der Caprischlager ließ mich im Traum auf der Insel ankommen.

Wenn bei Capri die rote Sonne im Meer versinkt
und vom Himmel die bleiche Sichel des Mondes blinkt,
ziehn die Fischer mit ihren Booten aufs Meer hinaus
und sie legen in weitem Bogen die Netze aus.

Dieser Vierzeiler mit der gefühlvollen Melodie ist seit Jahrzehnten Nahrung für meine unstillbare Sehnsucht, Capri zu sehen. Wann wird mein Verlangen nicht nur im Traum sondern ebenso in der Realität in Erfüllung gehen? Das Cover zeigt ein düsteres Bild von Capri. Es widerspiegelt meine Enttäuschung, das Ziel leider nicht erreicht zu haben.
Als ich aus dem Traum zu mir kam und meine Fahrt fortsetzte, sah ich das Pärchen mit seiner Lambretta in die Stadt zurückfahren, sie hinter ihm im Schneidersitz auf der Sitzbank.

Bald mündete die Via Appia Antica in die Autostraße nach Castel Gandolfo ein. Nach etwa einer Stunde stand ich an der Sommerresidenz des Papstes. Vor der großen Fassade wartete eine Vielzahl von Menschen. Ich schlängelte mich bis zur Steintreppe vor, die zum Eingang hoch führte. Hier hielten mich Ordner an. Ich gab zu verstehen, ich käme von sehr weit her – keine Chance! Wie konnte ich auch so spät kommen! In einer halben Stunde begann bereits die Audienz. Du darfst dich nicht so wichtig nehmen, sagte ich mir und suchte einen günstigen Standort unter den Wartenden. Zum Schluss trat Papst Pius der Zwölfte an das geöffnete Fenster und segnete uns. Meine Erwartungen hatten sich erfüllt. Auf der Rückfahrt nach Rom sinnierte ich: Was hätte ich dem Heiligen Vater im Audienzsaal geantwortet, falls er mich nach dem Woher gefragt hätte? Deutschland, Ostdeutschland oder gar DDR? Das Risiko, über die Presse meinen Italienaufenthalt an die DDR-Verantwortlichen preiszugeben, wäre zu groß gewesen.

Abends erhielten wir im Studentenwohnheim wie vereinbart unser Abendbrot. In der Schlafbaracke sahen wir jeden Abend neue Gesichter. Die Feldbetten standen in zwei Reihen mit einem Mittelgang sehr eng zueinander mit einem Abstand von höchstens sechzig Zentimeter. Jeden Abend schlief eine andere Person neben uns. Manche Nachbarn machten auf uns einen zweifelhaften Eindruck. Sicherheitshalber benutzten wir unsere Rucksäcke als Kopfkissen.
Bevor ich einschlief, schrieb ich nach Hause und an Alfred einen Brief. Danach machte ich mir Gedanken, wie wohl die Menschen in diesem geschichtsträchtigen Rom in der langen Zeitperiode von mehr als zweitausend Jahren gelebt haben mögen. Die alte Stadt hat so manches hautnah für mich sichtbar gemacht. Ich bereute erstmals, während meiner Schulzeit ein gestörtes Verhältnis zur griechischen und römischen Geschichte gehabt zu haben. Mir lagen diese Epochen zu weit in der Vergangenheit. Durch das Überspringen der fünften Klasse hat mir die Schule den Anfang des Geschichtsunterrichts nicht vermitteln können. Ich betrachtete das Forum Romanum, das Kolosseum und das Pantheon mit Respekt, aber leider auch mit zu wenig geschichtlichem Wissen. Mein viel zu kurzer Romaufenthalt hat bis heute eine starke, kontemplative Wirkung auf mich ausgelöst. So sehe ich bestimmte Abschnitte der Via Appia Antica bildhaft vor mir, obwohl ich seit vielen Jahren keine Abbildungen von ihr gesehen habe, die meine Eindrücke hätten auffrischen können.

ca. 48 km

Rom – lebe wohl!

Heute ist ein hoher italienischer Feiertag – Maria Himmelfahrt. Wir nehmen Abschied von Rom. Drei Tage durften wir unentgeltlich im Studentenwohnheim essen und in der Baracke des zugehörigen Gartens schlafen. Bevor wir die ewige Stadt verließen, nahmen wir im Petersdom am Sonntagsgottesdienst teil. Für mich persönlich keine sonntägliche Routinemessfeier sondern ein Gedenken an unsere große Familie und in der Hauptsache an meine Schwester Lenchen mit ihrem schicksalhaften Leben. Dazu hatte mich meine Mutter in ihrem Brief mit der Genehmigung für den Reisepass beauftragt. Ihr war Lenchen ein Herzensanliegen und mich hat es sehr tief berührt. Ohne diesen außergewöhnlichen Auftrag wäre Mutter sicherlich gegen meine weite und äußerst riskante Reise gewesen.

Obwohl es mir nicht leicht fällt, ein paar Sätze zu meiner Schwester Lenchen zu sagen, will ich es dennoch versuchen. Sie war die zweite Tochter meiner Eltern und zugleich wohl das Lieblingskind meiner Mutter. Lenchen bereitete ihr keine Probleme im Kindesalter und besaß als einzige von uns allen dunkles Haar wie unsere Mutter selbst. Lenchens Verhalten änderte sich total, als sie in die Pubertät kam und älter wurde. Sie ordnete sich nicht immer der großen Familie unter und versuchte, aus dem streng bäuerlichen Milieu auszubrechen. Meine Eltern wollten natürlich ihr recht extremes Verhalten für die damalige Zeit korrigieren und taten es sicherlich nicht immer mit viel pädagogischem Geschick. Lassen wir die recht unschönen Vorfälle ruhen!
Ein harmloses Beispiel möchte ich dennoch erzählen, an das ich mich im Kindergartenalter erinnere. Lenchen fuhr mit Mutters Fahrrad zwölf Kilometer in die nächste Stadt, ohne ein Wort zu sagen. Sie ließ sich ihre schönen Zöpfe abschneiden und kam mit Dauerwelle zurück. Für heute ein normales

Verhalten, damals keineswegs. Wir, die vier Kleinen mochten Lenchen sehr. Sie war zu uns nicht so streng und konsequent wie ihre ältere Schwester.

Lenchen schloss sich im Juni 1946 dem ersten Vertreibungstransport unseres Dorfes an und kam nach Hannover in die britische Zone, wir dagegen ein halbes Jahr später nach Leipzig in die russische Zone. Der Kontakt zueinander verlor sich nach und nach, bis wir einen Brief aus der Heilanstalt Warstein erhielten mit der Mitteilung, Lenchen sei hier eingeliefert worden. Meine Mutter bat mich, sie zu besuchen. In der Tat gelang es mir, in meinen Sommerferien 1951 nachts unentdeckt die DDR-Grenze bei Helmstedt illegal zu überwinden. Ich nahm Fotos aus meiner Kindheit mit, damit sie weiß, wer ich bin. Als ich ihr mit sechzehn Jahren gegenüber stand, sah sie mich mit leeren Augen teilnahmslos an. Ich stellte mich vor, versuchte gemeinsame Erinnerungen wachzurufen, zeigte ihr meine Kinderfotos – keine Wiedererkennungsreaktion. Lenchen machte einen ruhigen Eindruck, sah zum Fenster hinaus, sprach über das, was sie sah, leider mehr zusammenhangslos. Sie machte auf mich einen geschwächten Eindruck und musste wiederholt stark husten.

Ihr Arzt teilte mir mit, sie habe ein Loch in der Lunge. Er wisse aber nicht, ob es Tbc oder Krebs sei, weil er keinen Auswurf von ihr erhalte. Mir wurde bewusst, Lenchen ist in die Nerven-Lungen-Abteilung aufgenommen worden, weil sie mit ihrem schicksalhaften Leben nicht mehr klar kam. Ich habe sie als Einziger unserer großen Familie in ihrem nervenkranken Zustand erlebt. Diese Begegnung in meinem unfertigen Jugendalter hat mich viele Jahre extrem belastet.

Mein Tagebuch verrät, ich habe Rosemarie vor Verlassen der Stadt geschrieben. Ich muss gestehen, ich hatte nicht nur meine liebe Mutter innerlich auf meine weite Fahrt nach Rom mitgenommen sondern ebenso Rosemarie. Zu beiden Personen hatte ich eine unterschiedliche, aber doch tiefe Gefühlsbeziehung. Ich spürte das Bedürfnis, in gewissen Abständen beiden mitzuteilen, wo ich mich befinde und wie es mir gehe.

Die Schmerzen im rechten Handgelenk zwangen mich, mein ersehntes Ziel aufzugeben, nämlich Capri zu erleben. Erst jetzt wurde mir bewusst, dass Mamas Wunsch, im Petersdom Lenchen zu gedenken, zum Sinn meiner weiten Radeltour geworden ist. Also doch eine Wallfahrt! So wie es die jungen Männer in Padua von mir vermuteten.

Gegen zehn verließen wir Rom und benutzten für unsere Heimfahrt die Via Aurelia, die unmittelbar auf der linken Seite der Peterskirche beginnt. Wir hatten uns in den Ruhetagen gut erholt und kamen auf der Küstenstraße ohne Berge gut voran. Das Gedenken an Lenchen im Petersdom wirkte in mir nach. Und voller Freude, flott voran zu kommen, sang ich das mir bekannte Lied, ohne mein Tempo zu reduzieren:

> *Wir sind deine Jugend, uns ruft der Wald,*
> *die Sonne am Morgen, das ferne, seltsame Klingen.*
> *I:Du aber bist der Brunnen im Herzen*
> *und das innerste Singen.:I*

Wir fuhren bis Mittag ohne gefrühstückt zu haben. Über spielende Kinder lernten wir Familie Basetti kennen, die uns zu Spaghetti und Wein einlud. Ich habe mich mit ihr einige Jahre geschrieben. Leider weiß ich ihre Adresse nicht mehr. Meiner Ansicht nach wohnte Familie Basetti in Civitavecchia. All zu weit sind wir nicht mehr gestrampelt. Wir übernachteten in einem Stall in Montalto di Castro. Einzelheiten blieben in meinem Gedächtnis nicht haften.

ca. 120 km

Weintrauben – endlich mal satt

Montag, den 16.8.1954

Obschon wir schlecht geschlafen hatten, kamen wir gut voran. Ein Gewitter kühlte die Luft ab. Es war nicht mehr so heiß wie in der letzten Woche und die Küstenstraße ebener als die Binnenstraße auf dem Hinweg. Wir radelten an vielen Weinhängen und Tomatenfeldern der Toskana vorüber. Endlich entdeckten wir süße, reife Weintrauben. Wir versteckten uns zwischen den Weinstöcken und aßen bis zum Geht-nicht-mehr. Sie schmeckten ausgezeichnet. Wir füllten sogar noch einen Plastikbeutel für die Fahrt. Es ist mir bis heute ein Rätsel geblieben, dass wir uns nicht den Magen verdorben haben. Ungewaschene, möglicherweise gespritzte Weintrauben in diesen Mengen!

Ein paar rote Tomaten stibitzten wir auf einem Feld und aßen sie abends zum Brot. Als Leckerbissen kaufte ich mir 50 Gramm Käse dazu. Endlich mal einen Tag ohne großen Hunger! Wir hatten nahezu 150 Kilometer geschafft und übernachteten bei San Vincenzo, nördlich der Insel Elba.

ca. 147 km

Dienstag, den 17.8.1954

Sobald die aufgehende Sonne den Schleier der Dämmerung aufgelöst hatte, krochen wir aus dem Zelt, ließen uns die letzten süßen Weintrauben schmecken und setzten die Radeltour gestärkt fort. In der Hafenstadt Livorno legten wir eine Zwangspause ein. An Oswalds Rad hielt die Luft nicht mehr. Er musste den Schlauch flicken. Als wir uns in Pisa den Dom Santa Maria Asunta aus dem zwölften Jahrhundert und den Schiefen Turm ansahen, begegneten uns erstmals auf italienischem Boden drei junge Männer aus der DDR und zwar aus Merseburg. Wir begrüßten uns, tauschten aber keine näheren Informationen aus und stellten uns gegenseitig keine verdächtige Fragen.

Trotz zweier Pausen schafften wir es heute bis siebzehn Kilometer vor La Spezia und zelteten in einem Garten, unweit von Carrara, bekannt durch den weißen Marmor. Je mehr wir uns der italienischen Riviera näherten, um so mehr war ich auf das Zelt von Oswald angewiesen. Es ergaben sich kaum Chancen, einen Bauern zu finden und bei ihm in der Scheune zu schlafen. Ich benutzte seine Landkarte für die Auswahl der Route und für das Planen der Etappen. Oswald war sehr verträglich, anpassungsfähig und konditionsstark. Trotz seines schweren Gepäcks schafften wir recht lange Etappen. Wir lagen gut im Zeitplan, ohne große Zwischenfälle vor Semesterbeginn in Leipzig zu sein.

Beim abendlichen Spaziergang fanden wir zwar keine Weintrauben, dafür reife Äpfel. Während der ganzen Radtour hatte das Beschaffen von etwas Essbarem einen derart hohen Stellenwert, sodass ich jeden noch so kleinen Erfolg im Tagebuch festhielt. Auf unserer heutigen Etappe haben wir schätzungsweise hundertfünfzig Kilometer runtergestrampelt, wozu wir einige tausend Kalorien benötigten. Woher nehmen? Oft lebten wir von der Substanz.

ca. 140 km

Italienische Riviera

Kurz nach sieben saßen wir auf den Rädern. Oh, welch ein
Schreck! Unweit nach La Spizia verließ die Straße die Küste,
um die unregelmäßig verlaufende Küstenlinie abzukürzen. Wir
hatten hohe Steigungen von praktisch Null auf sechshundert
Meter zu überwinden. Zum Glück fuhren damals viele
Lastwagen mit leistungsschwachen Motoren. Ein Lkw zog uns
im Kriechgang die lange Steigung hoch. Um so mehr genossen
wir hinterher das Gefälle, bis wir in Sestri wieder das Meer
erblickten. Wir widerstanden dem Badetreiben am Meer nicht
und legten eine vierstündige Pause ein. Wir genossen so
erstmals die italienische Riviera, badeten und lagen faul in der
Sonne. Bei der Weiterfahrt stellten wir fest, die Küste wird
zunehmend romantischer. Die Straße schlängelt sich oberhalb
der abwechslungsreich gegliederten Steilküste in einem
stetigen Auf und Ab den bekannten Orten San Margherita und
Rapallo entgegen. Sie lud uns Radfahrer in engen, abfallenden
Kurven zu riskanten Überholmanövern ein. Endlich mal
schneller sein als die Autos, wünschten sich unausgesprochen
nicht wenige Radfahrer. Das erfrischende Bad, die strahlende
Sonne und die einmalig herrliche Landschaft verführten mich
zu riskanten Überholmanövern. Einige Male glückte mir, am
Ausgang der Kurve einen Pkw zu überholen, bis mir plötzlich
in einer engen Biegung beim Überholen ein Auto entgegen
kam. Meinen gut funktionierenden Felgenbremsen verdanke
ich, in letzter Sekunde stark abbremsen zu können. Andernfalls
wäre ich auf der Motorhaube des entgegenkommenden Autos
gelandet oder gar unter die Räder gekommen. Ich atmete tief
durch und schickte einen außergewöhnlichen Rettungsdank gen
Himmel. Der Schock saß tief, sodass mich künftig keine noch
so große Hochstimmung zu einem ähnlich riskanten Manöver
verführte.

Wiederholt blickten wir auf den buchtenreichen und mit teuren

Villen bebauten traumhaft schönen Küstenabschnitt. Zu den Villen und Stränden führten im steil abfallenden Gelände private Zufahrten. Der üppige Bewuchs der parkähnlichen Riviera hob sich mit ihrer aufgelockerten Bebauung kontrastreich von dem azurblauen Meer ab. Ringsum nur saftiges Grün, keine von der Sonne braun gebrannte Flecken! Sehr gut, dass wir in Sestri gebadet haben. Hier fanden wir keine Möglichkeit, uns unentgeltlich abzukühlen. Wir hätten sowieso nicht zu den exklusiven Gästen gepasst.

Wir hielten Ausschau nach einem Zeltplätzchen und näherten uns bedenklich den Vororten von Genua. Wir wagten, in unmittelbarer Nähe eines Hospitals in Nervi zu zelten. Wir wählten unseren Schlafplatz unter ein paar Bäumen, nur wenige Meter vom Gebäude entfernt. Der Untergrund hart, nur da und dort ein Grashalm. Keine Ansprüche stellen in der sonst so gefragten Umgebung, sagten wir uns. Beim Abendbrot suchte ich die hundert Gramm Wurst, die ich mir gekauft hatte. Sie musste mir bei der kurvenreichen Berg- und Talfahrt aus dem Affen gerutscht sein.

ca. 118 km

Die Feldflasche – eine Verfolgungsjagd

Donnerstag, den 19.8.1954

Als wir früh erwachten, freuten wir uns, dass die Umgebung unseren nicht ganz angebrachten Zeltplatz geduldet hatte. Als Dank bauten wir das Zelt umgehend ab und radelten bereits um sieben in Richtung Genua. Als wir etwa zwölf Kilometer gefahren waren, stellte Oswald erschreckt fest:

„Oh Gott, ich habe meine Feldflasche auf dem Zeltplatz liegen gelassen."

„Das ist ja nicht so schlimm, wenn du sonst nichts vergessen hast," versuchte ich ihn zu trösten.

„Die möchte ich schon wieder haben. – Ich fahre zurück."

„Weißt du, ich hol sie dir. Inzwischen fährst du in Genua in Richtung Mailand weiter," schlug ich ihm vor. „Mit meinem leichten Fahrrad und dem wenigen Gepäck werde ich dich bald einholen."

Oswald stimmte meinem Vorschlag zu. Wir wollten nicht so viel Zeit verlieren. Ich radete mit hohem Tempo bis Nervi zurück. In der Tat lag die Feldflasche an der Stelle, wo wir die letzte Nacht verbracht hatten.

Ich raste an der Küste entlang, atmete gierig die saubere Luft des blauen Meeres mit ihrem Seegeruch ein, bis ich den Hafen von Genua erreichte. Kurz danach bog die Straße nach rechts ab in Richtung Milano. Ich staunte, wie steil die Straße anstieg. Trotzdem stieg ich nicht ab. Voller Ehrgeiz beabsichtigte ich, Oswald so schnell wie möglich einzuholen. Ich sagte mir, am Berg erwische ich ihn am ehesten. Aber die Steigung wollte und wollte nicht enden. Obgleich ich die Stadt längst verlassen hatte, ging es weiterhin bergan. Meine Kräfte ließen nach. Ich hielt das Tempo nicht durch. Da kam die Erlösung. Ein paar Pfirsiche lachten mich am rechten Hang einer Kurve an. Ich schlich mich im hohem Gras an das Bäumchen heran, wartete einen kurzen Moment, bis kein Auto auf der Straße zu sehen war und steckte mir einige Früchte in die Hosentasche. Am

Fahrrad unten angekommen, aß ich sie wie ein ausgehungertes Tier mit Heißhunger auf, so, als ob ich sie in der Stadt gekauft und nicht gestohlen hätte. Kurz darauf überkam mich ein schlechtes Gewissen. Vielleicht hat jemand das Bäumchen an diese Stelle gepflanzt, um sich daran zu erfreuen. Hätte das Bäumchen nicht in einer Plantage stehen können, dann wäre mir wohler gewesen. Ich versuchte, mich zu beruhigen. Es steht in keinem Garten, sondern wächst ganz einsam und alleinstehend an der Böschung der tief eingeschnittenen Straße. Vielleicht hat ein Straßenarbeiter vor fünf Jahren beim Anlegen der Böschung einen Pfirsich gegessen und den Kern achtlos weggeworfen. Diesem Umstand verdankt das liebe Bäumchen seine Existenz, schlussfolgerte ich, um mein aufgewühltes Gewissen zu beruhigen.

Ich setzte meine Verfolgungsjagd fort. Obgleich etwas gestärkt, musste ich dennoch an den steilsten Abschnitten mein Fahrrad schieben. Nach über einer Stunde oben angekommen, war mir bewusst, ich habe eine Passhöhe erklommen. Die Ausläufer des Apennin bilden mit einer Höhe von fast fünfhundert Metern die Wasserscheide zur Poebene. Das ist mit qualvoller Anstrengung   erlebter Geographieunterricht, sagte ich mir.

Endlich die Passhöhe erreicht! Ich genoss die abschüssige Straße. Mit dreißig Stundenkilometern und Rückenwind wirst du bald die Pausenzeit reingefahren haben, dachte ich mir. Je länger ich so fuhr, um so mehr beobachtete ich mit einem Auge den Straßenrand, ob Oswalds Fahrrad zu sehen ist. Ich wollte vermeiden, an ihm unbemerkt vorüber zu fahren, falls er mal in einem Maisfeld verschwinden musste. Ich kam flott voran und begann zu zweifeln, dass Oswald noch vor mir sein könnte. Sicherheitshalber radelte ich nur bis kurz vor Mailand und machte an einem großen Maisfeld eine Pause. Meinen Tretesel schloss ich gut sichtbar an einem Telegraphenmasten an und verschwand im hohen Mais, um als Vorspeise saftige Maiskörner zu essen. Als Hauptgang nahm ich wie alltäglich Margarinebrote zu mir. Nach dem üblichen bescheidenen

Mittagsmahl legte ich mich neben mein Rad ins Gras und schlief ein.

Als ich aufwachte, war es nahezu vier. Was tun, fragte ich mich, nachdem ich länger als eine Stunde geschlafen hatte. Falls er durch irgend welche Umstände hinter mir gewesen wäre, hätte er mich inzwischen eingeholt. Andererseits konnte ich mir nur schwerlich vorstellen, er sei bereits in Mailand. Sicherheitshalber wartete ich noch eine halbe Stunde und setzte die Fahrt allein fort.

In Mailand wollte ich mir den gewaltigen gotischen Dom auch von innen ansehen. Die Domaufsicht machte mich dagegen höflich darauf aufmerksam, es sei nicht gestattet, den Dom mit kurzen Hosen zu betreten. Ich bedauerte es, zumal ich außer meiner alten Trainingshose für die Nacht keine lange Hose bei mir hatte. Um so gründlicher betrachtete ich das Bauwerk von außen und entdeckte an der rechten Seite vorn am dreischiffigen Querhaus einen unauffälligen Seiteneingang. Dort gelang es mir, unbemerkt hinein zu schlüpfen und meine nackten Beine in einer Bank zu verstecken. Es tat meinem Körper gut, auf dieser anstrengenden und gehetzten Fahrt für einige Minuten Ruhe und Besinnung zu finden.

Mir war bewusst, ich kann in dieser quirligen Großstadt Oswald nicht finden. Wir hatten gemeinsam besprochen, am Comer See entlang über Sankt Moritz heimzufahren. Ungefähr 23 Kilometer nach Mailand, also zwischen Monza und Lecco durfte ich in der Scheune eines riesigen Gutes schlafen. Das Gut mit einem großen Viereckhof ähnelte dem von Rovigo. Den Besitzer bekam ich nicht zu Gesicht und die Landarbeiter fanden nichts gegen meinen bescheidenen Wunsch. Sie führten ein einfaches Leben und sahen meine Situation problemlos ein.

ca. 205 km

Auf Wiedersehen Italien

Um sieben setzte ich meine Weiterfahrt in Richtung Comer See fort. Wenn mir Radfahrer entgegen kamen, fragte ich sie nach Oswald, einem blonden, jungen Mann. Niemand hatte ihn gesehen. Es begann leicht zu regnen. Zur Stärkung fand ich ein paar Birnen. Kurz vor Lecco wusch ich mich gründlich an einem kleinen See. Die bergige Landschaft verriet mir, ich näherte mich den Alpen. Die Straße wand sich am Ufer des lang gezogenen, schönen Comer Sees entlang. In Varenna informierte eine Tafel über eine Forschungseinrichtung. In dieser herrlichen Gegend lässt es sich gewiss recht erfolgreich forschen, meinte ich. In Chiavenna, dem letzten Ort vor der Schweizer Grenze gab ich meine restlichen Lire aus. Ich kaufte als Mitbringsel ein ballonförmiges Fläschchen Rotwein. Ein Bastgeflecht dekoriert die kleine Flasche recht ansehnlich, so dass man sie mit einer Schlaufe an die Wand hängen kann. Ich verabschiedete mich von Italien und schrieb eine letzte Ansichtskarte an Rosemarie. Vor dem Andenkenladen kam ich mit anderen radfahrenden Jugendlichen ins Gespräch. Ich befragte sie nach der Entfernung zur Schweizer Grenze und zum Malojapass, natürlich ebenfalls nach Oswald. Niemand war ihm begegnet. Ich verlor jegliche Hoffnung, ihn zu treffen.

Wie von einem inneren Wahn getrieben, wollte ich so schnell wie möglich nach Hause. Obwohl es bereits kurz vor sechs Uhr abends war, entschloss ich mich, den Malojapass anzugehen. Die Straße verließ das Zuflusstal zum Comer See und begann zu steigen. Nach zehn Kilometer betrat ich Schweizer Boden. Natürlich ging beim Schweizer Zoll alles glatt. Ich hatte ja einen westdeutschen Reisepass. Und dennoch vernahm ich ein eigenartiges , mulmiges Gefühl in der Magengegend auch bei dieser Grenzüberschreitung. Ist das ein bedingter Reflex meiner DDR-Bürgerschaft? Ich fühlte mich doch in erster Linie als Deutscher und wohne lediglich in der DDR, veranlasst durch die nicht gewünschte, nicht abwendbare Vertreibung in die damalige sowjetische Besatzungszone.

Eine mysteriöse Nacht

Ich trat in die Pedale, was das Zeug hergab. Die Straße kurvte unendlich lange durch den Wald und wurde steiler. Ich musste schieben und kam daher langsamer voran. Es dämmerte. Hinter jeder Haarnadelkurve erhoffte ich eine Lichtung, einen Ort oder wenigstens einen Bergbauernhof. Vergeblich! Was tun, fragte ich mich. In diesen Höhen unter freiem Himmel im Wald schlafen? – Unmöglich! Ich erinnerte mich an die Kältenacht bei Gerold. Also weiter, immer weiter! Nichts darf mich aufhalten, weder kraftlose Beine noch sonst was. Es blieb mir keine Alternative. Kann ich im Dunkeln bei einem Bauern anklopfen, ging mir durch den Kopf. Da habe ich keine Chance, eingelassen zu werden. Das Gefühl des Alleinseins überfiel mich. Ich schob und schob, eine Kurve nach der anderen hinter mir lassend. Wäre ich doch bloß in Varenna geblieben, seufzte ich wie von allen guten Geistern verlassen. Der sowieso spärliche Autoverkehr auf der Passstraße hörte seit einer halben Stunde völlig auf.

Endlich sah ich im Dunkeln den Wald lichter werden. Er hörte auf. Ich stand vor einer Hangwiese. Links oben hoben sich gegen den Himmel mehrere Gebäude ab, zwei große und einige kleine. Ich stieg den Hang hoch, bemerkte, dass kein Fenster erleuchtet war. Vorsichtig ging ich weiter. Ich rechnete damit, dass mir ein Wachhund entgegen springt. Vor Hunden habe ich seit meiner Kindheit eine panische Angst, weil mich mal so ein Tier in den Oberschenkel gebissen hatte. Es blieb alles gespenstisch ruhig. Ich umkreiste die Gebäude, suchte nach einem unverschlossenen Eingang, fand aber keinen. – Endlich, ein kleines Holzgebäude mit einer halbhohen Tür! Ich kletterte drüber und tastete mich Meter für Meter voran. Ein Mittelgang teilte den Innenraum, von dem rechts und links mit Brettern abgeteilte Boxen abgingen. Meine Hand fühlte weder Stroh noch Mist. Es schien ein Stall zu sein, zu meiner Überraschung sehr sauber und leer. Ich holte mein Fahrrad und stellte es in eine Box. Gleich darauf zog ich mir wie jeden

Abend üblich, den Trainingsanzug und die dicken Wollsocken an, wickelte mich in die Schlafdecke und legte mich in die Nachbarbox auf den harten Bretterboden. Als Kopfkissen benutzte ich wie immer meinen mit braunem Fell besetzten Affen.

Nun hätte ich eigentlich einschlafen können. Wie schon so oft überkam mich leider das unsichere Gefühl der fremden Umgebung, die ich bei Tageslicht nicht erkunden konnte. Mir ging allerhand durch den Kopf und ich hörte in der absoluten Stille jedes noch so leise Knacken und Knistern der Balken und Bretter. Ich glaubte, Mäuse oder gar Ratten zu hören. Plötzlich gab es ein laut hörbares, undefinierbares Geräusch im Stall. Ich zuckte vor Schreck zusammen, wagte mich nicht zu bewegen und fühlte mein Herz bis zum Hals hoch schlagen. Es muss jemand im Raum sein! Ein Tier hätte die Stille weiterhin unterbrochen. Es war Angst, die ich empfand, unbegreifliche, kaum fassbare Angst, die sich mehr und mehr im Ungewissen einzunisten begann. Ich wartete voller Furcht auf hörbare Bewegungsabläufe und blieb verkrampft liegen, damit mich die unbekannte Person nicht orten kann. So verging Minute um Minute. Ich versuchte, logisch zu denken. Wahrscheinlich ist mein Fahrrad von der Boxenwand etwas abgerutscht, so vermutete ich. Mein Geist war dennoch so aufgewühlt, dass ich nicht wagte aufzustehen, um mein Rad zu ertasten, ob es in der Tat weggerutscht sei. Die zwei Tage Verfolgungsjagd hatten das Letzte von mir abverlangt. Mein überreizter Körper ließ mich nicht einschlafen. Ein starkes Angstgefühl überkam mich. Meinen unruhigen Gedanken im Kopf erging es wie gejagten Mäusen, die einen sicheren Unterschlupf suchen. Ist nicht doch eine fremde Person in meiner Nähe, die nichts Gutes beabsichtigt? Ich gab mir große Mühe, diesen Angstgedanken zu verdrängen, indem ich mir sagte: Wiederholt haben dir fremde Menschen auf dieser Tour selbstlos geholfen, waren gut zu dir. Du hast viel gesehen, sogar Rom erlebt. All die positiven Erinnerungen vermochten nicht, die gedanklichen Fesseln der Angstschleife aufzulösen. Ich versuchte es mit meinem Lieblings-Evangelium:

„Sorgt euch nicht ängstlich!"

Wobei das Wort ängstlich doppelt zu unterstreichen ist.

„Seht die Lilien des Feldes! Selbst Salomo in seiner Pracht ist nicht so gekleidet wie diese . . . Seht die Vögel des Himmels! Sie säen nicht, sie ernten nicht und doch ernährt sie der Herr."

Auch diese frei zitierten Satzfetzen gaben mir nicht die Kraft, mich zu beruhigen. Zum Schluss fiel mir noch das Wanderlied aus dem neunzehnten Jahrhundert ein. Die Wanderburschen mussten damals ähnliche Probleme ertragen. Das verrät uns ihr Lied „Auf, du junger Wandersmann":

> *Mancher hat auf seiner Reis*
> *ausgestanden Müh und Schweiß*
> *und Angst und Pein, das muss so sein . . .*

Es dauerte lange, bis mein Schlafbedürfnis die Angst besiegte.

ca. 160 km

Mitfühlendes Bauernpaar

Als ich früh aufwachte, sah ich mich erst einmal um. Ich stellte fest, ich war in der Tat ganz allein. Mein Fahrrad lehnte meines Wissens genau so an der Boxenwand, wie ich es gestern im Dunkeln abgestellt hatte. Oder hat der Lenker seine Position geringfügig verändert? Möglicherweise, ohne dass ich es feststellte. Soweit meine Erklärung.

Mein Schlafraum wirkte auf mich sehr sauber, fast neu. Vielleicht sollten darin Futtervorräte aufbewahrt werden. Von ein paar umher liegenden Brettern und Balken abgesehen, war der Schuppen leer. Die größten zum Teil aus Naturstein erbauten Gebäude schienen als Stallung und Scheune zu dienen und zum Teil im oberen Geschoss mal bewohnbar gewesen zu sein.

Wie in den letzten Tagen üblich, setzte ich gegen sieben meine Fahrt fort. Nein, genauer gesagt, ich schob mein Fahrrad ein oder zwei Kilometer, bis die Steigung nachließ. Auf dem Hochplateau unmittelbar am Fuße des Malojapasses kam ich noch durch einen kleinen Ort und war froh, wieder Menschen zu sehen. Danach musste ich den steilen Gebirgshang in vielen Serpentinen bis über achtzehnhundert Meter hoch schieben. Jenseits des Passes merkte ich, es ist merklich kälter geworden. Ich befand mich in einem sehr interessanten Hochtal, im Quellgebiet des Inns mit vielen Seen und wenig Neigung bis Sankt Moritz. Die Eiszeit hat das Areal viele Jahrtausende länger konserviert als die tiefer liegenden Gebiete. Leider hatte ich Pech mit dem Wetter. Zur Kälte gesellte sich Dauerregen, der in seiner Heftigkeit zunahm, je tiefer ich hinunter kam. In Süs stellte ich mich unter das Vordach einer Scheunenauffahrt, hoffend, dass es bald aufhört zu regnen. Um Energie zu tanken, kaufte ich mir Schwyzer Schoko. Weshalb auf einmal so großzügig, wird sich mancher fragen. Je näher ich Leipzig kam, um so zuversichtlicher wurde ich, mit den restlichen

Finanzen mein Zuhause zu erreichen.

Der junge Bauer sah mich mitleidsvoll an und gestattete mir, mich im Stroh seiner Scheune zu erwärmen. Ich schlief sogar etwas ein. Als ich aufwachte, schüttete es förmlich. Seit Mittag saß ich fest und hatte viel Zeit verloren. Eine abgebrochene Etappe mit sechzig Kilometer – extrem wenig!

„Darf ich bei ihnen in der Scheune übernachten?", fragte ich den freundlichen Bauern enttäuscht ob des Dauerregens.

„Natürlich! Es wird noch länger regnen," prophezeite er und stimmte ohne zu zögern zu. Er lud mich sogar noch zum Abendbrot ein.

Trotz widerlicher Umstände war ich überglücklich, wiederholt einfühlsamen Menschen auf meiner außergewöhnlichen Radelfahrt anzutreffen. Seine ebenso nette Frau servierte mir in der warmen Wohnküche Brot mit Käse und ein krapfenähnliches Gebäck, in Öl gebacken. Mein ausgehungerter Körper verdrängte jegliche Höflichkeit und war unvorstellbar gierig darauf, Unmengen des gut schmeckenden Gebäcks zu verdrücken. Die verständnisvolle Frau kam kaum mit dem Backen hinterher und wunderte sich, wie ein so kleiner, schlanker Mann derart große Mengen essen kann. Für beide war ich gleichsam ein biologisches Rätsel. Sie überlegten, wie sie meine Esslust beenden könnten. Die junge Mutter von zwei kleinen Kindern füllte ein letztes Mal meinen leeren Teller und versprach mir in ihrer natürlich freundlichen Art, morgen etwas Gebäck auf die Reise mitzugeben. Mit diesem klugen Versprechen besiegte sie in mir das gefräßige Tier und ich brauchte nicht mehr auf Vorrat essen. Bald darauf zog ich mich in die Scheune zurück und schlief trotz prall gefülltem Magen bald ein.

ca. 60 km

Sonntag, den 22.8.1954

In der Nacht so gegen vier Uhr weckte mich Sirenengeheul. Es regnete unentwegt in Strömen. Unmittelbar hinter der Scheune strömten die Wassermassen des angeschwollenen Inns im Tal abwärts. Ich vernahm Stimmengewirr und schlief bald wieder ein.

Die liebe Bäuerin lud mich trotz meiner gestrigen Fresssucht am Morgen zum Frühstück ein. Sie servierte Brot, Butter, Honig, Käse und Wurst und erzählte mir, dass nachts wegen eines Erdrutsches die Feuerwehr alarmiert worden sei. Auch ihr Mann hat am Einsatz teilgenommen. Es hörte jetzt zwar auf zu regnen, der Inn führte aber derart starkes Hochwasser, weshalb meine Straße nach Schuls für den Autoverkehr gesperrt war. Ich schaute mir das Spektakel an. Dieser kleine Bauernhof ist einer der letzten des Ortes, eingezwängt zwischen Inn und Straße. Einige hundert Meter talwärts fehlten nur wenige Zentimeter, bis das Innwasser auf der Straße stand. Der Bauer bestätigte mir, für das Fahrrad sei die Straße frei. Die Bäuerin gab mir ein großes Segment Schweizer Käse und das versprochene Gebäck auf die Weiterfahrt mit. Das mitfühlende Ehepaar ist mir unvergessen in dankbarer Erinnerung geblieben. Um neun verabschiedete ich mich von den so lieben Menschen.

Die Straße nach Schuls stand nur teilweise unter Wasser. Ich wich bei den kritischen Stellen auf die höher gelegene linke Straßenseite aus und ließ mein Rad mit angehobenen Beinen durch das seichte Wasser rollen. In Schuls besuchte ich den Sonntagsgottesdienst und kam danach bis Strada, einem kleinen Ort vor Martina, als es wiederum anfing zu regnen. Ich musste mich unterstellen. Leider kann ich mich an keine Einzelheiten erinnern. Das Tagebuch verrät wie immer kurz und knapp: Einladung zum Mittagessen – Suppe mit Kartoffeln und Wurst. Wegen des katastrophalen Wetters erweckte ich ungewollt bei den Menschen ein großes Mitgefühl. Sicherlich sah ich zudem sehr hilfsbedürftig aus. Das große Hochwasser in Deutschland Anfang Juli und nun wiederum der Dauerregen erzeugten unter der Bevölkerung ein Gefühl der Solidarität.

Trotz Nässe und Kälte radelte ich weiter, passierte problemlos die Grenze zu Österreich und sah bis Landeck flacher verlaufende Inntalabschnitte unter Wasser stehen. Ich setzte meine Fahrt über Imst, Nassereith und dem Fernpass bis

Ehrwald fort. Ich erfreute mich an den kleinen, klaren Seen und an der Bergwelt, die die Wolken endlich freigaben. Zuvor waren die Berge durch den Dauerregen wolkenverhangen gewesen. Der Pass führte mich über zwölfhundert Meter hoch und kostete viel Energie und Zeit, wodurch ich mein Ziel, heute in Kaltenbrunn zu schlafen, nicht erreichte. Ich übernachtete in Ehrwald bei einem Bauern.

ca. 144 km

Wieder in Deutschland

Montag, den 23.8.1954

Um sieben war ich bei sehr kaltem Wetter auf dem Wege nach Deutschland und gab kurz nach neun meinen Reisepass schweren Herzens in Garmisch ab. Ansonsten hätte ich nicht meine DDR-Reisebescheinigung zurückerhalten. Das Ehepaar Erhard in Kaltenbrunn freute sich, dass ich gesund von der strapaziösen Reise zurückgekehrt bin. Zunächst wusch ich mich gründlich und bekam danach reichlich und gut zu essen. Ich putzte sechs Eier und ein halbes Pfund Butter mit viel Brot weg. Sie sahen mir an, wie ausgemergelt ich zurückkehrte. Zwei Eier und Butterschmalz gaben sie mir außerdem auf die Heimreise mit.

Ich hatte selbst im vertrauten Kaltenbrunn keine Ruhe und vergaß nicht, meine deponierten Sachen einzupacken. Um zwölf saß ich wieder im Sattel. Wenn ich meinem Tagebuch glauben darf, traf ich nach viereinhalb Stunden in München ein und radelte auf der Bundesstraße 13 bis Lauterbach. Ich übernachtete hier in einer Scheune. An Einzelheiten erinnere ich mich nicht mehr.

ca. 163 km

Dienstag, den 24.8.1954

Meine innere Uhr hievte mich um sieben auf mein Fahrrad. Bei flottem Tempo ging es über Pfaffenhofen, Ingolstadt und Eichstätt bis Weißenburg mit einem Schnitt von zwanzig Kilometer in der Stunde. In Eichstätt warf ich einen kurzen Blick in den Dom und ließ mich aus dem Altmühltal von einem Lkw die Straßensteigung hochziehen. Ein paar Äpfel gaben mir auf dem Wege nach Weißenburg die nötigen Vitamine. Nach hundert Kilometer hatte ich mir in der historisch interessanten Stadt eine ausführliche Ess- und Ruhepause verdient. Weißenburg wird von einer gut erhaltenen, mittelalterlichen Stadtbefestigung umgeben. Die Ursprünge des geschichtsträchtigen Ortes gehen bis ins erste Jahrhundert nach Christus zurück.

Ich freute mich schon auf Hildegard und Fred, meinen Cousin in Nürnberg. Nachmittags um vier traf ich dort ein und schätzte es über alle Maßen, ihr Gast sein zu dürfen. Nach fünfzig Tagen konnte ich mich in ihrer schönen Wohnung erstmals wieder kulturvoll waschen und rasieren. Ich genoss das Essen und Trinken in familiärer Atmosphäre. Die vergangenen zwei Tage bewiesen mir, dass die gemäßigten Temperaturen und die weniger häufigen Straßensteigungen meine Fahrleistung steigerten. Zudem begegnete ich in der letzten Zeit dankenswerterweise besonders großzügigen Menschen, die meine Kalorienzufuhr erhöhten. Ich war rundum sehr zufrieden.

ca. 190 km

Mittwoch, den 25.8.1954

Heute endlich wieder einmal einen Ruhetag! Das bedeutet mehr als nicht nur im Sattel sitzen. Ich brauche mich nicht ums Essen und Trinken zu sorgen, ebenso keine Übernachtung zu suchen. Ich setzte mich wie zu Hause an einen gedeckten Tisch und wusste, wo ich heute schlafen werde. Ich nutzte den Tag, um mein Fahrrad fit zu machen. Zwischen Genua und Mailand funktionierte mein hinterer Kettenkranz mit Leerlauf nicht. Ich trat mitten auf einer Kreuzung mehrmals ins Leere, bis die Mitnehmer die Verbindung zum Hinterrad herstellten. Ich kaufte mir hier vorsorglich einen Kettenkranz fürs Hinterrad, einen Schlauch und eine Luftpumpendichtung für 6,60 DM, wovon mir Fred die Hälfte des Geldes schenkte. Abends politisierten wir mit Hildegards Verwandten und ließen den Tag allmählich ausklingen.

Mein Fahrradfreund und die Feldflasche

Donnerstag, den 26.8.1954

Mit einem herzlichen Dankeschön verabschiedete ich mich von Hildegard, Fred und den zwei Söhnen Peter und Wolfgang zur gewohnten Startzeit. Gegen Mittag erreichte ich Bayreuth und versuchte über das Einwohnermeldeamt, Oswald ausfindig zu machen. Wie sollte mir das gelingen? Er hat mir relativ wenig erzählt. Mehr nebenbei sagte er mal, er sei in einem Dorf bei Bayreuth zu Hause, hätte eine Schwester und arbeite seit zwei Jahren im Ruhrgebiet, da er dort besser verdiene.

„Wie heißt ihr Bekannter," wollte die Dame vom Amt wissen.
„Oswald Ries."
„Das nützt mir nichts. Bei uns im Landkreis gibt es den Namen Ries wie Sand am Meer." Die Angestellte registrierte mein enttäuschtes Gesicht und fragte:
„Weshalb wollen Sie ihren Radfreund unbedingt ausfindig machen?"
„Ich will ihm seine Feldflasche zurückgeben."
Die Dame vom Einwohnermeldeamt schüttelte verständnislos ihren Kopf, weshalb ich wegen einer Feldflasche so ein Aufwand treibe. Der wahre Grund, weshalb die Feldflasche für Oswald so wichtig war, habe ich nie erfahren. Ich brachte es einfach nicht übers Herz, seine Flasche mit nach Hause zu nehmen.

Damit mich das Einwohnermeldeamt los bekam, nannte es mir einige Dörfer mit extrem vielen Riesfamilien. Ich suchte sie im Osten und Südosten der Kreisstadt auf und fragte in jedem Dorf nach einer Riesfamilie mit einer Tochter und einem Sohn, der im Ruhrgebiet arbeite. So fiel ein Dorf nach dem anderen rasterartig heraus, bis nach drei Stunden zwei Dörfer übrig blieben.
Endlich stand ich vor seiner Schwester. Oswald war nicht zu Hause.
„ Wo ist dein Bruder?", fragte ich sie.

„Oswald hatte die Absicht, gleich ins Ruhrgebiet zurück zu fahren," bedauerte sie.

Wir tauschten die Adressen aus und ich übergab ihr Oswalds Feldflasche, ohne zuvor neugierig überprüft zu haben, ob Oswald unter der Filsummantelung Reservegeld deponiert hatte. Denkbar wäre es gewesen.

Drei Gewitter und eine Schlauchpanne am Vorderrad unterbrachen meine Fahrt zur Grenze. Kurz vor Geschäftsschluss traf ich in Hof ein und kaufte mir Schokolade als Mitbringsel und Bremsgummi für meine Felgenbremsen. Damit ich morgen etwas Ostgeld in den Händen habe, tauschte ich eine Westmark für 4,90 Ostmark. Abends gegen halbacht betrat ich nach fast acht Wochen wieder die DDR . Als ich bei der Grenzkontrolle nach Geld gefragt wurde, hätte ich mich beinahe verplappert. Ich wollte schon zugeben, ein paar Ostmark zu haben. In letzter Sekunde fiel mir ein, dass ich damals bei der Ausreise kein Ostgeld besaß. Das hatte die DDR-Kontrolle auf der Reisebescheinigung festgehalten. Mit diesem Kontrollaufwand wollte man verhindern, dass Geld zum Marktwert getauscht wird, der für die DDR ein Schwarzmarktkurs war. Das als Statist in Kaltenbrunn verdiente Westgeld betrachtete ich während meiner langen Fahrt als eiserne Reserve. Es war für unvorhersehbare Fälle vorgesehen, wie zum Beispiel eine größere Fahrradreparatur, Unfall oder Krankheit. Ich versteckte es vor Grenzübertritt in der Bohrung meines Fahrradlenkers. Die beiden Enden stöpselte ich mit Korken zu. Ansonsten hätte die DDR-Grenzkontrolle mein Westgeld eins zu eins zwangsumgetauscht. Für das versteckte Geld kaufte ich mir später in Westberlin ein Paar Schuhe.

In Dobareuth an der Fernstraße 2 fand ich einen guten Bauern, bei dem ich übernachten durfte. Er schenkte mir Vertrauen, obwohl ich ihm fremd war und es begann, dunkel zu werden.

Ca. 174 km

144

Zu Hause heil angekommen

Freitag, den 27.8.1954
Gestern Abend zeigte sich, dass der Schlauch des Hinterrades die Luft nicht hielt. Ich stand frühzeitig auf und flickte ihn. Ein spitzes Steinchen in dem Mantel hatte den Schlauch aufgerieben. Meine Vermutung von gestern, der Bauer sei mitfühlend, bestätigte sich heute. Er lud mich zu einem sättigenden Frühstück ein. Die Familie servierte mir Brot, Butter, Marmelade und gab mir zusätzlich mit Wurst belegte Brote mit. Leider kann ich mich heute an weitere Einzelheiten nicht erinnern. Ich fände den Bauernhof nicht mehr.

Endlich radelte ich auf heimatlichem Boden, konnte mich ohne Karte orientieren und kannte die Städte und dazugehörigen Entfernungen. Sogar markante Steigungen waren mir nicht unbekannt. Unter der Annahme, heute Abend zu Hause zu sein, entfiel die Sorge um ein Nachtquartier. Ich dankte meiner gastgebenden Familie für die Übernachtung, für das Frühstück und insbesondere für das Vertrauen, das sie einem fremden Menschen entgegen gebracht haben. Gegen neun verabschiedete ich mich und folgte der Fernstraße 2 über Schleiz, Gera, Zeitz bis Zwenkau und bog hier nach Eythra, Bösdorf und Hartmannsdorf ab. In Hartmannsdorf wohnte damals nach der Vertreibung Benno mit seiner Mutter und Schwester. Ich traf ihn zufällig auf der Straße. Als Erster erfuhr er von meiner unfallfreien Heimkehr. Nachmittags so um halbfünf umarmte ich in Leipzig-Großzschocher meine Eltern und Geschwister und übergab ihnen die Mitbringsel, insbesondere den Schweizer Käse aus Süß, von der Bauersfrau selbstgemacht. Meine Familie war sehr gerührt, von mir zu erfahren, wie viele Menschen mir auf meiner vierundfünfzig Tage dauernden Fahrradtour mit fünftausend zurückgelegten Kilometern geholfen hatten. Sie sahen mir an, wie schlank ich geworden war und schätzten um so mehr meine mitgebrachten Gaben. Wie oft war ich versucht, sie unterwegs aufzuessen.

ca. 141 km

Wiedersehen mit meinen Radelfreunden

In den nächsten Tagen tauschte ich mit Alfred, Benno und Dieter unsere Reiseerlebnisse nach unserer Verabschiedung in Scharnitz aus. Zu Dritt fuhren sie nach Innsbruck, schauten sich die Stadt an, radelten innabwärts, zweigten jedoch bald links ab zum Achensee und von da gemeinsam nach München. Dort trennten sie sich aus unterschiedlichen Gründen. Alfred fuhr mit dem Zug nach Hause und setzte seine Schlosserlehre fort. Benno besuchte seine Verwandten in Olpe. Nur Dieter, etwas traurig und allein gelassen, mühte sich mit seinem schweren Fahrrad bis Leipzig ab. Es wurde vieles zum Problem: Der Einkauf von Lebensmitteln mit so wenig Westgeld, die Suche nach einer Übernachtung jeden Abend, die nicht ausbleibenden Fahrradpannen und zum Schluss die nachlassende Kondition, verbunden mit Gelenkschmerzen.

Erst nach Jahrzehnten ergab sich die Gelegenheit, mit Dieter über mein und Alfreds unkameradschaftliches Verhalten während unserer Fahrt zu sprechen. Mit gemischten Gefühlen bat ich um Nachsicht und entschuldigte mich bei ihm, wir hätten damals zu wenig Rücksicht auf sein Fahrverhalten genommen. Auf Grund der zeitlichen Distanz fiel es ihm nicht schwer, mich zu trösten:

„Ihr habt uns wenigstens voran gebracht. Sonst hätten wir nicht so viel erlebt."

Kurz darauf erinnerte er mich an unseren Beistand bei der Zugspitzbesteigung.

„Weißt du noch, wie wir auf die Zugspitze geklettert sind? Da habt ihr mir geholfen."

So brachte Dieter nach Jahren meine Gefühle ins Gleichgewicht. Er ist der menschliche Sieger geblieben.

Nun aber zu Alfred. Er bedauerte zutiefst, nicht mit mir nach Rom gefahren zu sein.

„Ich hätte gewiss von meinem Ausbilder längeren Urlaub erhalten," bereute er. „Mein Vater ist ja mit meinem Meister gut bekannt. Wie konnte ich bloß so pflichtbewusst sein!"

Oswalds klärender Brief

Nach vielen Wochen erhielt ich von Oswald einen Brief, der das Rätsel löste, weshalb wir uns in Oberitalien verloren hatten. Oswald übersah in Genua den Wegweiser nach Mailand und fuhr weiter in Richtung französische Grenze. Bevor er seine Irrfahrt bemerkte und wieder nach Genua zurückfuhr, radelte ich bereits den Pass außerhalb von Genua nach Mailand hoch. Oswald verfolgte mich zähneknirschend und hoffte, mich einzuholen. Ich glaubte anfangs, genügend lange gewartet zu haben. Auch Oswald hatte wie ich an dem nämlichen Tag dreißig Kilometer hinter Mailand übernachtet und startete nächsten Tag noch früher als ich, um vor mir zu sein. Weshalb begegneten wir uns dennoch nicht? Wahrscheinlich wählte er nicht die gleiche Straße nach Lecco. Spät abends in Chiavenna angekommen, fragte er junge Leute nach mir:
„Der wollte heute noch den Pass hochfahren."
Oswald kapitulierte und gab die sinnlos gewordene Verfolgungsfahrt auf. Ich bin ihm sehr dankbar für seinen klärenden Brief und bedauere zutiefst, ihn nicht mehr getroffen zu haben.

Braune Beine und die Krankenschwester

Ich musste sehr vorsichtig sein, über mein Urlaubserlebnis zu sprechen, insbesondere über die Fahrt in die Schweiz und nach Italien. Auslandsaufenthalte waren streng illegal. Ich erzählte davon nur unter guten Freunden mit der nötigen Zurückhaltung. Als ich mich zwei Monate später am Knöchel des rechten Wadenbeines operieren lassen musste, brachte es eine hübsche Krankenschwester der Leipziger Uniklinik durch recht geschickte Argumentation fertig, mir ein unvorsichtiges Geständnis abzuringen. Jedes Mal, wenn sie mir einen neuen Verband anlegte, staunte sie über meine braunen Waden.

„Ihre Waden sind recht braun."

„Ich fahre viel Fahrrad in kurzen Hosen," antwortete ich kurz und knapp.

Das Gespräch brach Gott sei Dank ab. Beim nächsten Verbinden hakte sie nach.

„Waren sie mit dem Rad im Urlaub?", wollte sie wissen.

„Schon – ich habe mit Freunden eine Radtour unternommen."

Diese magere Antwort genügte ihr nicht.

„Und wo waren sie da gewesen?"

„In den deutschen Alpen," gestand ich ihr.

Jetzt begann sie zu erzählen. Ihre Verwandten hätten sie nach München eingeladen. Von da besuchten sie den Starnberger See, seien viel rum gekommen . . .

„Doch mir gefiel diese Art von Urlaub nicht. Immer nur von einem Restaurant ins andere. Mir hätte eine Radtour mit Zelt besser gefallen."

Sie gewann mehr und mehr mein Vertrauen. Wie konnte sich eine so attraktive und gepflegte, junge Frau nach einem einfachen Urlaub sehnen? Sie hatte keinerlei Vorstellung von meiner spartanischen Hunger- und Bettelradtour. Dennoch wurde sie mir durch ihre Sehnsucht nach einem bescheidenen Urlaub von Mal zu Mal sympathischer. Beim nächsten Verbandstermin trieb sie mich völlig in die Enge.

„Waren sie in den Sommerferien unterwegs?"

„Im Juli und August."

„Das ist lange her. Normalerweise hält die Sonnenbräune bei uns nicht so lange an," meinte sie.

Ich schwieg. Mir kam es wie eine Ewigkeit vor, bis sie mein Bein neu verbunden hatte.

„ Sie sind doch gar nicht so ein Hauttyp, bei dem die Bräune so lange hält," argumentierte sie scharfsinnig.

Ihre Hartnäckigkeit verleitete mich, die Wahrheit zu sagen.

„Ich bin auch in Italien gewesen."

„Das habe ich gleich vermutet," gab sie ehrlicherweise zu.

Meine Unvorsichtigkeit bereitete mir Gott sei Dank keine unangenehmen Folgen. Lediglich ein Arzt wunderte sich ebenso über meine lang anhaltende Beinbräune.

Wallfahrt nach Rom?

Nun wage ich, über mich selbst nachzudenken. Was hat die Fahrt bis Rom für mein eigenes Leben bedeutet? Wie oft habe ich bei dem nahezu wahnsinnigen Unternehmen das Warnsignal verdrängt, mich nicht zu überfordern! Mein Verlangen, die Ewige Stadt zu erleben, ist erfüllt worden und das noch durch einen mitfühlenden Priester ohne Kosten für Essen und Schlafen. Am allerwichtigsten war mir die Bitte meiner Mutter, im Petersdom an unsere Familie und insbesondere an Lenchen zu denken. Ein halbes Jahr danach ist unser liebes Lenchen von ihrem wirren Zustand erlöst und in die Ewigkeit abberufen worden.

Nicht wenige werden sich fragen: Weshalb habe ich den Wunsch meiner Mutter mit ihrem festen christlichen Glauben in meiner Sturm- und Drangzeit bereitwillig und überzeugend erfüllt? Ich wage es zu erklären: Wenn mich meine Mutter in den ersten Lebensjahren zu Bett brachte, setzte sie sich auf die Bettkante und sprach ein kleines Kindergebet. Welches? Das habe ich nicht behalten. Ich muss noch nicht mal drei Jahre gewesen sein. Sie machte das Kreuzzeichen auf meine Stirn und sprach dabei: Im Namen des Vaters und des Sooohnes . . . So gedehnt und angenehm beruhigend nahm ich es wahr – wie eine wohltuende Musik. Mir fielen bald die Augen zu, ohne die Wortbedeutung von Sohn gekannt zu haben. In den Folgejahren übernahm ich den Glauben meiner Eltern, ohne ihn kritisch zu hinterfragen.

Die Glaubenszweifel erlebte ich erst, als wir unsere Heimat in Schlesien verlassen mussten und nach Leipzig vertrieben wurden. Da kam ein äußerst schwieriger Neuanfang auf uns zu: Wochenlanges Lagerleben, ärmliche Wohnverhältnisse, elementare Not . . . Endlich ein eigenes Bett, sagte ich mir! Aber weshalb ist mein Kopfkissen früh wiederholt nass?, fragte ich mich, ohne zu wissen weshalb. Bis ich einmal durch einen fürchterlichen Traum aufschreckte und herzzerreißend weinte –

Heimweh! Nichts erinnerte mich hier in Leipzig an meine Heimat. Mir fehlte die traute, dörfliche Umgebung. Die zerbombte Stadt bot mir keinen Ersatz. Unsere sechsköpfige Familie in zwei schrägen Dachkammern ohne Heizung und Toilette, nicht mal Kaltwasseranschluss, Toilettenbenutzung und Wasserholen ein Stock tiefer in einer fremden Wohnung, getrennt von meinen Heimatfreunden, fremder Dialekt und schulische Probleme nach mehr als zwei Jahren Schulausfall und das alles noch bei unmenschlichem Hunger! Obwohl wir nach dem Krieg in unserer Heimat auch nicht alles zu essen hatten, doch mit Kartoffeln und Brot konnten wir unseren Magen füllen. All das verursachte mein bitteres Heimweh. Genug damit!

Ich fragte mich, wie kann ich meinen Schmerz lindern? Was habe ich von Schlesien mitgebracht? Meinen elterlichen Glauben. Ich betete zu Gott, bat um Hilfe, um Beistand und Kraft, meinen Heimwehschmerz zu mildern. Glaubenszweifel überkamen mich. Ich begann, seine Existenz infrage zu stellen. Es dauerte Tage des Zweifelns und Weinens, bis ich mich urplötzlich getröstet fühlte, keine Träne mehr vergoss und imstande war, an meine Heimat zu denken, ohne traurig zu sein. Es gibt ihn also doch, den Gott meiner Eltern, der mir in einer schwierigen Lebenssituation geholfen hat. Das geschah alles im Früjahr1947 in meinem zwölften Lebensjahr. Sehr dankbar und recht selbstbewusst vertrat ich meinen gestärkten Glauben gegenüber meinen neuen Freunden. Wenige Monate danach hatte ich die Gelegenheit, erstmals die deutschen Alpen kennen zu lernen und war begeistert. In mir kam ein Fernweh auf, das mein Heimweh austrocknen half.

Die schönen Eindrücke auf unserer Radeltour waren Nahrung für mein Fernweh. Andererseits ließen mein gestärkter Glaube und das neue Fernwehgefühl den erlittenen Hunger, die Entbehrungen und Gefahren auf unserer Fahrt in den Hintergrund treten.

Meine Einschlafprobleme

Die zwei Zeltnächte auf dem Monte Ceneri in der Schweiz bleiben mir bis heute in Erinnerung. Bisher bemerkte keiner meiner Freunde, dass ich jeden Abend eine halbe Schlaftablette nahm. Als ich am 20. Juli meine letzte halbe Tablette auf dem Pass runter schluckte, sah es Alfred und fragte:

„Warum nimmst du diese Dinger?"

„Weil ich sonst nicht einschlafen kann."

Er schüttelte verständnislos den Kopf und hatte für mein Argument lediglich ein geringschätziges Lächeln übrig. Ich schlief die Nacht darauf sehr, sehr spät ein, verdammte meinen Nervenarzt in Leipzig, weil er mir nicht mehr als eine Packung Schlaftabletten mitgegeben hatte. Ich erzählte ihm doch, wie lange ich plane, mit dem Fahrrad unterwegs zu sein. Heute weiß ich, weshalb er mir nicht mehr als eine Packung auf einmal verschreiben durfte – wegen Selbstmordgefahr. Auch die weitere Nacht hatte ich Einschlafprobleme. Die Freude am Erlebten und die ausgiebige Bewegung an der frischen Luft gaben mir nach und nach meinen gesunden Schlaf wieder zurück. Als Folge stärkte er nicht nur mein Selbstwertgefühl sondern erhöhte meine Kondition und nährte meine Aktivität. Heute ist bekannt, dass man Depressionen und Schlafstörungen mit körperlicher Bewegung heilen kann.

Ich erinnere mich, meine Schlafprobleme begannen bereits ein Jahr früher am Ende der elften Klasse. Überforderte mich der Leistungssport oder befürchtete ich, Lenchens   Schicksal erleiden zu müssen? Ich schlief immer später ein und kam im Extremfall lediglich auf vier Stunden Schlaf. Das Schlafdefizit machte mich krankheitsanfällig und seelisch unausgeglichen. Ich suchte einen Nervenarzt auf. Er verschrieb mir anfänglich Beruhigungstabletten. Ich wollte in den großen Schulferien vor der zwölften Klasse wieder ganz gesund werden. Daher verzichtete ich 1953, mit Alfred und Benno eine Radtour nach dem Westen zu unternehmen. Das Nichtstun, in der Sonne liegen und das Alleinsein verführten mich zum Grübeln. Jede

Woche erwartete ich die große gesundheitliche Wende. Die Selbstbeobachtung erhöhte meine innere Unruhe, zumal ich keine Besserung feststellte. Niemand sagte mir, auch mein Arzt nicht, dass Abwechslung und eine aktive Feriengestaltung besser seien. Die seelischen Störungen hatten mich am Ende der Ferien genau so gefesselt wie zu Beginn. Wie soll ich ohne Erholung, ohne Befreiung vom seelischen Druck das Abitur schaffen?, so fragte ich mich.

Wie erholsam wirkte sich ein Jahr später die Fahrt mit meinen Freunden auf meinen nervlichen Zustand aus! Wie problemlos befreiten mich die gemeinsamen Wochen von der Abhängigkeit der Einschlafhilfe. Seitdem habe ich nie wieder Schlaftabletten nehmen noch einen Nervenarzt aufsuchen müssen. Heute frage ich mich, wie konnte ich nach dem Abi so leichtsinnig und egoistisch sein, die Fahrt nach Italien allein fortzusetzen. Natürlich wäre ich lieber mit meinen Freunden dorthin gefahren. Es hatte aber ein jeder plausible Gründe gehabt, es abzulehnen. Weshalb gab ich daraufhin meinen Wunsch nicht auf? Mein übergroßes Fernweh, das mein schmerzhaftes Heimweh nach meiner Geburtsheimat zu mildern begann und die enorme Sehnsucht, Rom, Neapel und Capri zu erleben, zogen mich förmlich dahin. Meine Euphorie ließ die unzähligen Probleme und Risiken in den Hintergrund treten. Werden meine Eltern der weiten Reise zustimmen? Ich den Reisepass erhalten? Reicht meine Zeit, mein Geld? Wo werde ich schlafen? Werde ich körperlich durchhalten? Was ist, wenn ich krank werde, einen Unfall habe, ausgeraubt und überfallen werde? Meine Begeisterung, mein Fernwehrausch haben all die ernsten Fragen beiseite geschoben.

Dass ich trotz aller Gefahren wohlbehalten zu Hause ankam, stärkte mein Selbstbewusstsein und mein Gottvertrauen, ließ mich zugleich dankbarer werden und bewusster leben. Ich erhielt meine alte Aktivität zurück und sah optimistischer in die Zukunft, ohne meine begrenzte Nervenkraft zu überschätzen. Ich erfuhr während dieser zwei Monate, dass ich zwar das Alleinsein bewältige, jedoch auf längere Zeit nicht bevorzuge.

Die gemeinsam erlebte Freude war größer, die Probleme und Ängste erträglicher, wobei ich das gegenseitige Abstimmen gern in Kauf nahm. Ich bedankte mich bei Alfred, Benno und Dieter aufrichtig für das gemeinschaftliche Erleben auf unserer Fahrradtour.

Viele Menschen halfen

Sehr viele Menschen haben uns Vier auf unserer Fahrt selbstlos unterstützt und viel Gutes getan. Ohne den Beistand und die ständige Hilfe so vieler, fremder Menschen wäre ich auf meiner Alleinfahrt in Rom nicht angekommen. Ich weiß nicht, weshalb ich mir kaum eine Adresse geben ließ, um ihnen im Nachhinein zu danken. Je mehr Jahre vergingen, um so stärker war mein Verlangen, es nachzuholen. Deshalb fuhr ich mit meiner Frau und unserem Sohn Christian vierundvierzig Jahre später mit dem Auto in die Schweiz nach Lugano und versuchte, auf der Hinfahrt den Bauer in Lienz zwischen Bodensee und Landquart zu finden, dessen Frau mir am 23. Juli 1954 ein so reichliches, gutes Abendbrot gegeben hatte. Leider veränderte sich in den vielen Jahren so viel, dass ich das Bauernhaus nicht mehr fand.

Mehr Glück hatte ich, als ich mit meiner Frau und Christian über Sankt Moritz nach Hause fuhr. In Süs am Inn fand ich das Bauernhaus, in dessen Scheune ich am 21. August 1954 schlafen durfte. Im Haus wohnt jetzt der Sohn mit Familie. Er gab mir die Adresse seiner Mutter, die ich leider am Ort nicht antraf. Zu Hause nahm ich aber brieflichen und telefonischen Kontakt auf. Frau Bulfoni erzählte mir, zu den zwei kleinen Kindern kam ein drittes hinzu. Danach haben sie noch eins adoptiert. Leider sei ihr Mann 1996 mit 79 Jahren verstorben. Von meinem Dankeschön stellte sie Blumen auf sein Grab. Frau Bulfoni hat vielen Menschen nach dem Krieg geholfen und bedankte sich , dass ich sie nach so vielen Jahren nicht vergessen habe.